传递爱的力量

——优秀带教老师故事集

浙江中医药大学护理学院 主编

浙江工商大学出版社
ZHEJIANG GONGSHANG UNIVERSITY PRESS
· 杭州 ·

图书在版编目(CIP)数据

传递爱的力量：优秀带教老师故事集 / 浙江中医药大学护理学院主编. —杭州：浙江工商大学出版社，2021.1

ISBN 978-7-5178-4146-3

Ⅰ. ①传… Ⅱ. ①浙… Ⅲ. ①故事—作品集—中国—当代 Ⅳ. ①I247.81

中国版本图书馆 CIP 数据核字(2020)第 203423 号

传递爱的力量——优秀带教老师故事集

CHUANDI AI DE LILIANG—YOUXIU DAIJIAO LAOSHI GUSHIJI

浙江中医药大学护理学院 主编

责任编辑 尹　洁

封面设计 林朦朦

责任印制 包建辉

出版发行 浙江工商大学出版社

（杭州市教工路 198 号　邮政编码 310012）

（E-mail：zjgsupress@163.com）

（网址：http://www.zjgsupress.com）

电话：0571-88904980，88831806(传真)

排　　版 杭州朝曦图文设计有限公司

印　　刷 杭州高腾印务有限公司

开　　本 710mm×1000mm　1/16

印　　张 14.25

字　　数 194 千

版 印 次 2021 年 1 月第 1 版　2021 年 1 月第 1 次印刷

书　　号 ISBN 978-7-5178-4146-3

定　　价 42.00 元

浙江工商大学出版社营销部邮购电话　0571-88904970

谨以此文集：

向浙江中医药大学甲子校庆献礼！

向为护理人才培养辛勤付出的临床带教老师致敬！

祝福在护理岗位上努力传承、积极进取的护理学院毕业生们！

前　言

护士被誉为“白衣天使”，天使是幸福和温暖的象征，是人们对护士形象美和内在美的深情赞誉。洁白的护士服，映衬着美丽纯洁的心灵；别致的燕尾帽，象征着守护生命的重任。南丁格尔说：“人是最宝贵的，能够照顾人使他康复，是一件神圣的工作。”护理事业的继承与发展、南丁格尔精神的传承和发扬，需要一代代护理前辈言传身教、一代代护理人薪火相传。

浙江中医药大学护理学院依托学科优势，形成了以“厚基础、融中西、强实践、重人文、促创新”为特征的中西医结合护理人才培养模式，人才培养质量得到行业认可，已经成为浙江省本科护理人才培养的重要基地之一。高质量的护理人才培养是和大量优秀临床带教老师的辛勤付出密不可分的。在我校本科护理学专业学生的培养过程中，临床实习的时间占了四分之一。通过临床实习，护生完成了理论和实践的结合，完成了从学生到护士的角色转变。临床带教老师与护生朝夕相处、形影不离，老师的一言一行，深刻地影响着学生的成长。很多优秀的带教老师，成为学生一辈子学习和铭记的榜样。

为了迎接浙江中医药大学60周年校庆，我们面向2019届护理学专业实习生，开展了这次以“言传身教、薪火相传”为主题的优秀临床带教老师故事征文活动，共征集到近150篇学生投稿。经过各位教研室主任的筛选、审阅，我们整理了其中的64篇结集成册。

学生用平实而生动的文字，记录了实习过程中临床带教老师给他们留下的难忘故事。有些故事着重描写了老师默默付出、甘于奉献的关爱精神，体现了护理人员维护健康、守卫生命的“爱的力量”；有些故事重点描写了老师在平凡的护理工作中闪现出来的崇高的职业道德，为学生树立了榜样，成为学生心中“最美的样子”；有些文章讲述了老师“润物细无声”、循循善诱、言传身教，和学生之间亦师亦友的故事；有些文章重点回忆了自己在老师的影响下，在专业技能学习和职业道德培养等方面所经历的成长，希望自己也能成为一朵“灿烂开放的小花”；有些同学感恩于带教老师在实习期间对自己的关怀与照顾，让自己顺利完成了蜕变与成长，感谢“温暖有你们”。

这本文集记录的是同学们点点滴滴的回忆，没有太多华丽的辞藻，也没有多少非凡的事迹，但是每一篇文章都是同学们真实的心路历程和成长的足迹。我们希望能把这些关爱、奉献、真诚、善良和温暖的力量继续往下传递！

目录

爱的力量

最美的样子

润物细无声

开放的小花

温暖有你们

爱的力量

知否知否，是白衣天使啊

作者：刘艳红　　班级：护理学专业 2015 级本部 4 班
带教老师：吴林娟　　职称：护师
所在医院：浙江大学医学院附属邵逸夫医院　　所在科室：急诊

“有一种职业，没有经历过就不知道它的艰辛。有一种艰辛，没有体会过就不知道它的快乐。有一种快乐，没有品尝过就不知道它的滋味。”这是一份最平凡、最平淡、最单调的职业，然而又是最充满喜悦和最有成就感的职业，这就是“护士”。南丁格尔认为“能够成为护士是因为上帝的召唤，因为人是最宝贵的，能够照顾人使他康复，是一件神圣的工作。”我的老师吴林娟，就是“润物细无声”的一线阳光，照亮了那片黑暗，永远坚守在自己的岗位上。在我的实习期间也成了我的提灯者，点燃了我的热情与信心，并指引着我勇敢并坚定地向着这份职业生涯前进。

来到医院，要面对各色来看病的人群，要跑很多地方去做各种各样的检查，要排队取药，要被医生下诊断……医院里纷繁复杂，同时它也是最容易暴露人性的地方。我想其实大多数人都害怕踏进这里，但又有着许多人出于不得已而来到这里，他们经受着身体及心理的双重压力。虽然现在依旧有许多关于医患冲突的报道，但是在情绪没有大的波动的情况下，大多数人还是能够明辨是非的。而我们只不过是在日复一日的工作中，不折不扣地做着自己分内的事情，并且从患者逐渐康复的过程中，寻找着自己存在的意义及价值。我的老师深知我们的一言一行、一举一动，都对患者的心理情绪有着极大的影响，所以老师总是告诫我要转变自己的思想，提高护理服务意识，掌握沟通技术，获得患者及家属的认同，同时也得时刻反省和警醒自己。

我对吴林娟老师印象比较深的主要有两个方面：

一是要理解他们火急火燎的举动，让自己保持情绪稳定，学会换位思考。

我们可能经常会遇到患者或者家属叫我们去解决那些很容易就解决的小事，但是他们却很慌张甚至有时候会做出看似荒唐的举动，因为这关系到他们的生命啊，在外行人眼里这些小事就是他们天大的事。遇到这样的问题时，我的老师就能很好地处理。她能够换位思考，理解家属的惊慌失措，不抱怨、不指责，在理解他们的基础上，告诉他们遇到这类情况时的处理方法，让类似的事情不再发生。那天来了一个急性心衰伴肾衰的老奶奶，陪同的家属由于之前没有找到病床很生气，加上其母亲的病情比较急又很严重，来到抢救室的时候情绪一直没能平复下来。我的老师见状马上安抚家属，当时家属还有些冲动，不小心推搡了我的老师一下，但老师并没有在意，继续耐心地向家属解释及时给患者进行治疗的重要性以及拖延的后果。家属虽然仍在气头上，但是让到了一边，我的老师又迅速地投入抢救当中，及时核对医嘱，还发现了问题并及时提出疑问，确认无误后马上实施抢救措施。当患者病情平稳后老师陪同患者一起去做CT，这个时候老师很认真地向家属解释患者发病的原因，并用通俗易懂的语言介绍了老奶奶现在的情况以及后续治疗，并让他们不要着急。途中老师时刻关注患者的情况，在患者做检查的间隙，老师还向家属讲述了自己之前遇到的类似情况，也是在告诉家属在遇到紧急情况时要尽量让自己冷静下来，这样才可以保证我们更快更准确地了解情况并快速开展治疗，才能提高治疗的成功率。

二是要学会包容，帮助患者及家属熟悉最初入急诊的情况。

试想家中如果突然有一个人生病入院，这将会打乱家中所有人的生活节奏。这个时候患者及家属其实都是脆弱的，甚至是不堪一击的，有时候和我们交谈时脾气会很臭，用语可能也难以入耳。但大多数情况下，这也只是他们着急时的口不择言，在刚生病的迷茫和恐惧中，他们也会不那么理智。所以我的老师在最大程度上理解患者。遇到过一个年纪比较大的奶奶，陪她来看病的是她老伴，她老伴的脾气很大，对要做那么多检查以及医疗费比较贵非常不能接受，进入留观室就开始破口大骂，甚至口水都喷到了我老师脸上。但是我的老师包容他们，并用恰到好处的关心及安慰去帮助他们。不在他们情绪非常激动的时候去和他们交流，会让他们先发泄一会儿。等情况稍微缓和些，再去和他们沟通，尽量让他们坦然接受眼前发生的一切，尽快鼓起与疾病斗争的勇气。

这些语言与行为也教会了我如何更好地处理护患之间的关系，要有自己的处事准则，在心里面必须有自己的标准，在实践中要学会去更好地衡量，然后做出判断，以便更冷静理智地处理事情，也是更好地保护自己的安全。

此外，吴林娟老师在思想上具备高尚的思想品德——慎独，这是刚入大学接触本专业时每个老师都着重强调的。慎独指的是一个人独处时仍能坚持道德信念，按照道德规则行事，是护理道德的一种境界。急诊工作，面对的患者大多发病急骤、来势凶险，所以一切工作突出一个"急"字，要分秒必争、迅速处理；患者病情变化快，来诊时间、患者数量、病种及危重程度均很难预料，因此随机性大、可控性小。这样的情况下，我们更是不能忽视慎独精神。老师也是很好地做到了这一点，她在护理过程中执行各项任务都不敢有丝毫马虎，保持着极高的责任感和自制力，做到紧张而有秩序；她拥有着巨大的能量，时刻都可以投入高强度、高效率的护理工作中。

如今专科护理发展迅速，护理学科专业化水平不断提高，要求护士必须具备更高的专业素质、更扎实的理论基础和更精湛的技术。尤其是急救危重专科护理领域，要求护士掌握跨学科、跨专业的知识技能，迅速准确地发现患者的主要问题，并能采取有效的护理措施，配合医生抢救患者生命；要求护士通晓各种急危重症的护理方法，熟悉各种急危重症监护技术，掌握多种现代化监测和治疗设备的使用方法，更加注重新知识、新技术的运用。吴林娟老师在这方面也是毫不懈怠，在临床中严格规范各项操作与技能，同时也积极鼓励学生临床实践，“讲、查、看”，理论结合实际，注重实用，从旁保驾护航。老师按照学校和医院的实习大纲和要求实施教学，同时也因材施教。由于我在实习初期到国外交流了三个月，所以在本院实际的临床经验是不足的，临床思维能力也是很欠缺的。但是老师会认真选择病例，开展床边教学，认真指导我各种护理操作技术，给予我写病情记录与护理评估的机会，并及时修正与指出不足；给予我很多动手的机会，亲自示范教学并归纳和强调注意点，要求规范及做到放手不放眼。

我庆幸我也是一名白衣天使，借着老师的光，一起用责任与奉献努力践行着，用双手托起患者康复的希望。

用关爱滋润心灵

作者：周芳萍　　班级：护理学专业 2015 级本部 2 班

带教老师：胡慧丹　　职称：护师

所在医院：浙江大学医学院附属邵逸夫医院　　所在科室：骨科

在临床上实习的 10 个月里，我去过很多科室，也遇到了许多带教老师。他们的理论知识和临床操作技能都是很棒的，各有各的特点，各有各的表达。我认为人文关怀在临床护理工作中起到很重要的作用，作为实习生，我也是最容易为此动容的。

临床上护理人员用人文关怀给予患者关心照护，工作中将患者看作一个整体，不仅针对患者的疾病给予相关护理，更要将人文关怀的精髓运用到临床的患者身上，使患者在得到疾病方面的治疗和护理之余，感受到一份心灵的滋润。

通过老师课堂讲授和自己查阅文献，我不仅知道了护理人文关怀就是指护士顺应和提供有利于患者及其家庭特有的文化背景所需要的关怀，协助、支持和满足患者个体或群体的需要，改善其生存状态、健康状况或者生活方式的专业的行为或活动，最终达到整体健康，我还深刻地体会到“没有关怀就没有护理”这句话的含义，人文关怀不仅是简单地在患者难过无助时给予安慰，更应该是贯穿于整个临床工作中的、具有预见性的。人文关怀一直是护理事业发展的内在动力，是专业价值和职业形象的外在体现。

随着医疗技术的发展和信息技术不断发达，患者对人文关怀的需求以及对护理服务的要求越来越高，所以护理人文关怀是社会发展的必然趋势，也是学科进步的产物。研究表明，不仅提高护士的人文关怀能力可以改善护患关系，提高优质护理服务的效果，而且还可以通过对护士进行人文关怀来提高护士对工作、团队协作及职业生涯展望的满意度，这对稳定护理队伍起到积极作用。

护理中的关怀，有三层含义：照顾，关心和爱护，小心谨慎。护理人文关怀简称关护，它诠释了护理工作者的本质及最终目标，体现了以人为本、以患者为中心的态度。有关关护的体验对护生的人文关怀能力有较大的影响，临床带教老师在工作中体现关护的语言、行为、表情等为护生提供了直观的示范。我将我亲身经历的一个例子用对话的方式分享给大家，以此来展现我眼中优秀的带教老师的样子：

以下称我的带教老师为“护士”，称某患者为“患者”。

患者，女，65 岁，三天前在骨科做了手术，现卧床休息。

护士：(走进病房，三查七对之后给患者换上了盐水，一边调节滴速，一边询问患者)今天感觉怎么样？

患者侧卧于病床，不吱声。

护士：(见患者没有回应，俯下身子仔细地看了一下，发现患者有些心事重重的样子，便用手抚着患者的肩说道)慢慢来，早上过来的时候您的下肢肌力比之前有所提高了，虽然没有这么快完全恢复，但是您要给自己加油鼓气，不要气馁，好吗？

患者将头转过来看了护士一眼，点了点头。

护士看患者情绪好转了一些之后就拿着用物离开了病房。

那个下午，护士经常去病房看一看患者的状态。到了傍晚，护士到病房患者的床旁，仔细地给患者进行了肌力的测评。

护士：阿姨，我给您看一下您下肢的肌力。来，您试着动一动您的右脚，左脚不要帮忙哦。

患者：好的。

说着，患者比较吃力地将左脚往边上挪了一点，其间，左脚多次反射性地想去帮忙，却又默默地放回，最后患者经过一番用劲，将右脚抬离了床面一会儿，虽然马上就放下了，但是这一瞬间让在场的人都感动了，尤其是护士。

护士：（笑得像个孩子一般开心）阿姨，您看，抬起来了，哈哈，都比早上那会儿要好了，有很大的进步呢。

患者：（看了看护士，也跟着笑了）是的呢。

在这个案例中，首先带教老师对患者的反应有较强的敏感性，能够及时发现患者的潜在问题，然后在发现患者的潜在情绪不安之后，及时给予了真诚、可靠的安慰，并灌输了信念和希望。当患者病情有所好转的时候，带教老师发自内心的喜悦充分展示了她的非占有性热忱，也充分体现了人文利他主义的价值观，带教老师恐怕早已将那“患者好才是真的好”的想法铭刻于心，才会在多个无意的瞬间将这份情怀表现出来，实在令人感动，这的的确确是医务人员中的好榜样。

通过临床实习中的一些所见所闻，我越来越觉得人文关怀是人与人之间沟通的桥梁，有时候不用过多华丽的辞藻，一句简单的问候、一个阳光般的微笑，就足以给别人带去温暖。人文关怀或许就是你用自己的身体温暖听诊器时的那份毫不犹豫，或许就是你努力想要提高扎针技术以减轻患者痛苦时的那份情怀。对发生在自己身边或是他人身边的一些真实案例进行剖析，对我们来说，有很大的帮助，因为我们初入临床，见识比较少，如果能经常剖析一些典型的案例并抓住其中的要点，再加上自己所做的一些总结，我们就能吸取其中的精髓，并用其很好地指导临床工作，还可以有意识地将人文关怀应用于其中。

我们临床中的带教老师就像一盏盏指路明灯，为我们指明远方的路。有了他们，我们渐渐在实习中找到自己的定位，然后朝着自己的目标一直前进。非常感谢老师们毫不保留地将自己所知道的理论知识、技能操作及很多宝贵的经验分享给我们，也非常感谢老师们在我们成长路上给予有形无形的帮助，感恩！

为你鼓掌

作者:梁丽巍　　班级:护理学专业 2015 级滨江 1 班
带教老师:朱丽萍　　职称:主管护师
所在医院:浙江大学医学院附属邵逸夫医院　　所在科室:普外科

医院是一个没有硝烟的战场,里面的人承受着身体与精神的双重折磨,而分布最多的战士就是临床护士。护士看似每天做着重复的事情,其实这千篇一律的事却是患者的重中之重。我们可以不歌颂他们,但是必须尊重他们。

还记得冰心曾说过,“爱在左,情在右,在道路的两旁,我们随时播种随时开花,使一路上穿枝拂叶的人,即使走过荆棘,有泪可落,却不是悲凉”。而在我们护理的路上,这条路就是生命之路。我们的宗旨是给予患者真诚、信心和爱,让患者早日康复,提高生活质量。但是这条路,一路走来并不容易,医患纠纷频发,我在实习中也看到过不少新护士受了委屈躲在角落里偷偷抹眼泪,有时候会有患者投诉某某护士态度不好。以前我会觉得态度不可以不好,但是实习下来,我发现有时真的是有苦说不出。

实习了这么久,虽然看到过不少矛盾,但是感动依然常在。最令我感动的是浙江大学医学院附属邵逸夫医院(以下简称邵逸夫医院)普外科朱丽萍带教老师,入科第一天她说的一句话让我印象深刻:“你们应该也听说过,普外科很忙,可是把这么多烦琐的事有条不紊地处理好,难道不是一件很有成就感的事吗?”所以平时上班的时候,我对她特别关注。还记得有一次我跟着另外一个老师床边查房，而朱丽萍老师负责那个区域患者的每日系统评估。在我印象里以前其他老师评估都超级快，可是她很慢，走进一个病房后好久不出来。一开始我还觉得她效率低，后来我去病房的时候才发现她真的做得很仔细。有一个术后第一天的患者，她指导患者刷牙洗脸，进行有效咳嗽、早期活动。很多时候护士只是叮嘱家属要这样做，稍微讲解一番就行了，因为自己事情多，让患者有问题再问自己。可是朱丽萍老师边说边做了差不多 30 分钟，家属文化程度不高，她要用通俗的语言讲好几遍。患者是个老奶奶，耳朵不好，听不懂普通话，朱丽萍老师就用萧山话，趴在她耳边和她说要配合活动的注意事项。一次不行说两次，两次不行说三次，然后一步步帮助她活动。就这样一个个评估过来，差不多一个上午都在病房评估。她说，没有突发的状况，只有未发现的症状。

朱丽萍老师还是一个十分严谨的人，对于我们问她的问题，她知无不言，言无不尽。但是她不清楚的问题，她会保留，去弄清楚了再告诉我们。她还会感谢我们让她又学会一些东西，这种求知好学的精神是我们当代青年最缺乏的。好几次我上 12 小时班，朱丽萍老师上 8 小时班，明明 5 点下班，但她每次差不多六七点才走。她说这是查漏补缺和总结一天的最好的时光。我是一个不擅长总结的人，好像每天过去了就过去了，犯过的错还是会犯。这是个习惯问题。从那以后，我也学起了总结，我希望能坚持下去。

普外科是我外科大出科的科室，要自己准备病例汇报和床边系统评估。这个过程还是很痛苦的，没有自己想得那么容易。任何一件事，可以做到简单，但如果深究，也可以做到复杂。一个病例可以做到无限的延伸，在这个过程中，收获还是很多的。那一天我很紧张，汇报完病例之后，就是提问环节。朱丽萍老师的理论知识吓到我了。我以为她应该不会问手术方式、淋巴清扫方式的，所以我只是粗略地了解了一下。没想到她问了，我也只能粗略地讲一点点。老师索性就自己讲给我听，边讲还边画图解释给我听。一直讲到我能理解，还问了很多问题。我准备得不够充分，她补充了好多好多，讲了很久。

她在之前不了解病例的情况下，一下子调动那么多知识，说得既有条理又很流畅，确实让我由衷佩服。我想这与她毕业后一直从事普外科临床一线工作有关，再加上她严于律己、求知若渴的精神。这一切都是一点一滴积累的结果，她也因此多次获得医院表彰。

朱丽萍老师就是我想成为的人啊，我要趁着年轻多学点。习近平总书记曾说过：青年之于国家，如初春，如朝阳，不仅是青年人自己人生中最珍贵的时期，也一定程度上决定着国家的未来。且不谈鸿鹄之志，在自己今后的岗位上恪尽职守、敬业奉献也是存在的价值，人生的第一粒扣子要扣好。

每次看着患者笑着和我们说再见的时候，我们的内心是自豪的。我们为患者康复路上每一个进步鼓掌的时候，也应该为自己鼓鼓掌。我们习惯了站在路边为患者鼓掌，偶尔也要为自己辛勤工作竖个大拇指，因为他们的生命路上也有我们或轻或重的一笔。

站在路边鼓掌的人，给予每一个患者真诚、信心和爱！

一闪一闪"亮晶晶"

作者:周晨梦　　班级:护理学专业 2015 级滨江 4 班
带教老师:张明晶　　职称:主管护师
所在医院:浙江省人民医院　　所在科室:产科

她,小小的身躯,却有大大的力量。

张明晶老师笑起来眼睛亮亮的,就如同她的名字一样。她是一个很爱小宝宝的人。第一眼见到她,我感觉她就是一个没脾气的人,永远都是这么温柔、有耐心。在产科实习的一个月里,我每天都会被这个洋溢着母爱的环境所感动。在这里的每一位妈妈都是伟大的,对新生命的热爱、对美好生活的追求,都让我们感觉到生命的美好与灿烂。张明晶老师每天都会去查房,上午去,下午去,密切关注着产妇的状况。每次她和别人交流时,都很认真地听,也会很耐心地去解释,一遍两遍三遍,没有丝毫不耐烦。在查房的时候,我感觉学到很多知识,而且张明晶老师会结合实际进行手把手教学,比如说指导妈妈怎么正确哺乳,在教会产妇的同时,也给我上了一课,非常实用。

"今天感觉怎么样?""宝宝胎动怎么样?""吃奶情况还好吗""还痛不痛?""宝宝今天大小便怎么样?"等等,我每天都会听到老师去跟产妇交流情况。在宣教方面很到位,很有说服力,我很佩服,这也是非常值得我学习的一点。的确,沟通是人与人之间的一座桥梁,尤其是我们从事这一行业,必须得去和患者交流,这不仅能增进护患之间的感情,也方便我们去操作,而且我们也通常通过与患者谈话，了解他们的状况，更好地观察病情变化。所谓“知己知彼，百战不殆”，我觉得就是这个道理了。对每位出院的患者，她都会到病房宣教，帮助夫妻了解回家后如何照顾宝宝，叮嘱宝宝的疫苗接种时间、产妇产褥期的一些注意事项、复诊时间，并告知如何办理出院手续。每位患者出院的时候都会给她赞誉，并主动找她说“谢谢”。

第一天到产科报到时，我心里既期待、兴奋又恐惧，带着那样的心情，来到这个神秘的地方。之后在带教老师的带领下，我熟悉了产科的工作环境、各项规章制度和各个班次要做好的工作。我遇到了这样一群虽然忙碌、辛苦，但面对患者永远充满友善、面对生命心存敬畏、面对工作激情洋溢的天使。她们身穿粉色工作服，在忙碌的工作中，一幅幅美好的画面定格下来，为宝宝洗澡的、喂宝宝喝奶的、为产妇加油助威的……在产科一个月的实习生活中，在老师的指导下，我基本掌握了产科一些常见的护理操作，我从一个实习生逐步向护士过渡，并认识到临床工作的特殊性与重要性。以前在学校所学的都是理论知识，此刻接触临床才发现实际工作并非想象得那么简单，并非如书上所写的那般典型，好多时候都得靠自己平时在工作中的经验积累。因此，只能扎实投入学习，好好体会，慢慢积累经验。还有就是须尊重每一位妈妈的隐私，我觉得张明晶老师在这一方面做得很到位，每一次在做一些检查或者治疗的时候，她都会要求我们拉上帘子，非常注重这一方面。

我还曾记得第一次抱宝宝，给他抚触的情景。当时我并不知道怎样去抱，心里很害怕，但在张明晶老师的精心教授之下，我最后都学会了。虽然我抚触的动作略显僵硬，但是宝宝实在是太讨人喜爱了，粉嫩粉嫩的肌肤，抱起来是那么轻盈，而且他很享受我的抚触。在产科，我收获很多，从熟悉医院与科室的环境、临床护士的工作流程与主要任务、患者的出入院流程与护理等基础资料开始，后来慢慢地在老师的指导下，我基本掌握了产科一些常见病的特点和护理，如早产、胎膜早破、妊娠高血压综合征、产后出血、妊娠合并糖尿病等，掌握了产科常用药物硫酸镁和催产素的使用方法、不良反应及观察要点。此外，我也亲身经历了孕妇分娩期和产褥期的护理，见习并参与了孕妇的助产过程，感受了三个产程的特点以及孕妇的生理心理变化，重点学习了产后 2 小时护理、产后护理要点等。还有就是，学习了入院健康宣教、胎心音听诊、电子胎心监护、摸宫缩、会阴擦洗、会阴湿热敷、腹部四部触诊、母乳喂养指导等护理操作，见习了待产妇的肛门检查、绘制产程图、科学接生、分娩镇痛、阴道切开、阴道助产、新生儿处理及预防接种、新生儿沐浴等。

张明晶老师也是非常严格要求我们的，对于我们的周目标她每次都非常仔细地提问，而且还会展开来问相关疾病的知识，然后结合临床病例，再来跟我们讲解，从而让我们更好地接受知识点，不是死记硬背，而是更偏重于理解。在工作之余，张明晶老师也常常跟我们聊天，习惯性地提起她的儿子和女儿，会开玩笑地说他们很调皮，但是言语表情中流露出的是满满的爱意。她也会请我们吃东西、喝奶茶，像个大姐姐一样，她也是这个科室里的“小明”老师。

每个人都会经历人生的这个阶段，或是欣喜，或是害怕。但对于我们来说，不管结局是什么，我们都会尊重每一个生命。纪伯伦曾说：“人的嘴唇所能发出的最甜美的字眼，就是母亲，最美好的呼唤，就是‘妈妈’。”是啊，多么美好的字眼，从我们牙牙学语开始，到现在，妈妈一直陪伴着我们，学会感恩，学会爱父母、爱自己、爱生活、爱生命。

母亲的酒杯里永远盛满了爱，她的怀抱里装载着生命的希望，一闪一闪亮晶晶，满天都是小星星。

守望生命的花开

作者:陆晓燕　　班级:护理学专业 2015 级本部 2 班
带教老师:袁莉　　职称:主管护师
所在医院:杭州市第一人民医院　　所在科室:产科

有学姐说你很凶,不苟言笑,我对你的印象便是害怕。真正来产房后,却发现你并不是这样一个人。

在朝夕相处的日子里,我发现,我的带教老师——助产士袁莉,就是我职业生涯学习的榜样。袁莉老师不止一次地提醒我,工作要认真严谨细致。产房的实习生活,对于我来说是一个新的开始和新的挑战。袁莉老师总是亲自给我示范后,指导我完成一遍操作,然后鼓励我独立完成一次操作。她在旁边辅助我,最后还会耐心帮我总结这一次操作不足之处和值得表扬的地方。严谨、细致、认真,这是我从袁莉老师身上看到并学到的。袁莉老师作为一名学霸,总是能给我普及许多临床新知识,填补我的知识空缺。每周去袁莉老师那儿背诵考核目标时我总是忐忑不安的,生怕自己漏了知识点。每次考核完袁莉老师都会将临床上的新知识传授给我。袁莉老师一直说,学习不是一蹴而就的,要做好终身学习的准备。

感谢袁莉老师三个月的陪伴与教导,以身作则教导我如何做一名合格且温暖的护理人。心中有知识,眼里有病人,操作有技巧,说话有方法……点点滴滴浮现在脑海里,汇聚了这三个月短暂的时光。在这里,我学会的不仅是知识、技术，更是思考和学习的能力。袁莉老师一直向我灌输的一个理念就是，我们所接触的产妇，不是患者，是正常人，分娩是一个正常的生理过程。还记得有一次和袁莉老师一起上台接生，由于胎儿双顶径较大，所以产妇产程较长。当产妇终于将胎儿分娩出来后，所有人都松了一口气。但在等待胎盘娩出过程中，产妇突发产后大出血，我完全蒙了。袁莉老师作为夜班组长，沉着冷静地下达指令，通知医生，开通静脉通路，再次注射止血药物，按摩子宫。经过我们一番努力，最终产妇出血止住了。在产妇平安度过两个小时产后观察期后，我们再次评估产妇情况，并将她送回了病房。然后，我们坐到一起来讨论此件事。袁莉老师告诉我，产妇产后宫缩乏力是她此次产后出血的主要原因，她还带着我一起回顾了产后出血量的评估与计算。这个时候的袁莉老师，身上有光。

还有一次，产妇进入第二产程后，产程停滞不前，此时胎儿胎心值降至每分钟 80 次，远远低于正常胎心值；同时胎儿羊水由原来清澈透明变为混浊，医生当即决定实施紧急剖宫产！立即备皮，改变体位，听胎心，开通静脉通路，吸氧，送往手术室。我和袁莉老师将产妇送到手术室后，立即通知新生儿科医生护台。经过所有人的一番努力，我们在最短的时间内顺利将胎儿取出。经过一系列新生儿复苏抢救操作，5 分钟后，新生儿 Apgar 评分由刚出生时的 7 分（轻度窒息），提高到 9 分！当我们忙完一切，重新回到产房时，距离中午下班时间已经过去一个多小时了，桌上的饭菜也早已冷了，可是我们都因挽救了一条生命而感到高兴。

从事这份职业，没有固定的下班时间，你也不知道下一秒会遇到什么突发情况。是的，她很危险，但她又那么伟大；你的双手，迎接一个新生命来到人世间。但我想，我还是会像袁莉老师一样继续用生命来热爱她，守望生命的花开。在产房，我经历了人生太多的第一次：第一次和袁莉老师一起上台接生，第一次查宫口，第一次打留置针，第一次抚触新生儿，第一次给脐带消毒，第一次听胎心音，第一次给新生儿打针，第一次做婴儿病例，第一次去手术室接刚出生的婴儿，第一次做出入院宣教，第一次经历产后大出血抢救，第一次遇见胎儿宫内窘迫紧急剖宫产术，第一次抢救早产儿，第一次产妇拉着我们的手诚挚地说谢谢……三个月收获了太多，现在想起来仍历历在目。感谢在产科遇到的所有老师，你们给我树立了一个良好的榜样，你们的言行举止影响着我，激励我成为一位更好的医护人员。我想，我会永远记得和你们一起工作的这段日子，你们是我人生道路上遇到的良师益友。想起一句话，我们既要像猛虎一样内心够强大，有能力保护自己和身边的人，也要像小白兔一样把善良传递出去，柔软而温暖。我们目前所从事的职业就是这样，帮助更多的人成为母亲。在这个过程你可能会遇到困难和挫折，这就需要我们拥有更强大的内心。同时永远保持自己的善良，正如宣老师所说：我相信你们每一个选择这份职业的人都是一个善良的人。

从刚开始的不适应和陌生感，到现在逐渐走上正轨的生活，实习也是我的新生、我的成长和历练。未来很长，带着护理学院的院训“博爱博学，精诚精进”；同时铭记杭州市第一人民医院院训“敬业，严谨，诚信，仁爱”；坚持自己，做热爱的事，在助产士这条路上继续坚定勇敢地走下去，生而为人，愿我们能始终择善而行。一首诗，是你我最好的写照。

有那么一群人，
见证无数孩子的诞生，
用一腔热血，迎孩子来到人世间，
孩子呱呱坠地的那一刻，
睁开眼睛看世界的那一刻，
你就是他的全世界。

有那么一群人，
以精湛的接生技术，帮助产妇顺利分娩，
用一颗真心，护准妈妈成为真正的母亲，

产妇耳边每一声加油鼓励，
产妇身旁每一个坚守的人儿，
只为做准妈妈最坚定的依赖。

有那么一群人，
不分日日夜夜，寒冬与酷暑，
坚守在产房产床旁，
运用自由体位，
运用非药物镇痛，
只为守望生命的花开。

就是这么一群人，
一分勇敢，
两分坚持，
三分温柔，
四分伟大，
成就十分的爱，
这就是你我，
献给共同努力的你我，
献给所有助产人，
这世界因我们而精彩。

她打开了生命的两扇门

作者：詹霞琴　　班级：护理学专业 2015 级本部 2 班
带教老师：张水仙　　职称：主管护师
所在医院：杭州市第一人民医院　　所在科室：产科

温暖的阳光透过明亮的玻璃照入产房，初生的婴儿安稳而幸福地躺在母亲的怀抱中。疲惫又虚弱的母亲静静端详着娇嫩的宝贝，忘记了十月怀胎的艰辛，忘记了生产时的疼痛，眼神里充溢着浓浓的爱意。这就是所有助产士心里最美的画面——母子平安。

初到产科，我是懵懂的、无知的，就连最基础的分娩机制也是勉勉强强记得。但是在这三个月的实习期间，我感受到了张水仙老师的博学、严谨。还有很多其他优秀老师，她们就如同阳光和雨水，浇灌着我的成长。又如同黑暗中的灯塔，指引着我前进的方向。或许我不能像她们那样出色，但是她们永远是我职业生涯的榜样，是我不断努力的目标，我很荣幸可以身处在这群看似平凡实则不平凡的天使之列，见证生命诞生的奇迹。

产科是风云变幻的科室，或许前一分钟还是风平浪静，而后一分钟就波涛汹涌！记得那是一个前夜班，接班后，我和老师一起陪伴一个 40 多岁的高龄产妇，宫口开了三四厘米，可能是因为第一胎没经验，也没有上过相关母婴课程，又没有家属的陪伴，产妇十分焦虑。每一次宫缩，产妇都无法控制自己。在宫口未开全的状态下，产妇已开始自发使用腹压，并大声喊叫："我坚持不下去了，我不要生了，太疼了！”尽管张水仙老师不停地安慰和指导，产妇仍不管不顾大声喊叫，消耗力气。胎心监护多次报警，显示胎心在宫缩时降到 80 左右。那时我完全不知所措，大脑一片空白，所有在书本上学到的知识似乎全都消失了。只见张水仙老师迅速夹闭了正在滴注的催产素，让产妇吸氧，指导她哈气放松，并且协助她改变体位，用淡定温和的语气安慰她，同时报告医生。胎心很快就恢复到了正常范围。终于在晚上 10 点左右，产妇宫口开全，然而产妇高龄，加上前期耗费力气过多，产妇无法有效使用腹压，胎心监护再一次出现报警。张水仙老师迅速做出决定，打电话请求新生儿科医生护台；同时安慰产妇，嘱其不要慌张和焦虑，指导其配合宫缩，有效使用腹压。在一个多小时的努力后，婴儿顺利娩出。然而由于婴儿在宫内缺氧时间太长，出生后，情况不容乐观。张水仙老师迅速断脐，抱到辐射床上，配合新生儿科医生进行抢救。经过有条不紊地吸胎粪、捏呼吸皮囊等操作后，婴儿的各项指征恢复正常，大家都不由得松了一口气。产妇也很感激我们的陪伴和鼓励，不停地和我们说谢谢。然而由于产妇在整个分娩过程中筋疲力尽，出现了宫缩乏力的情况。张水仙老师在进行压宫底时，发现产妇阴道流出大量鲜红血液，马上汇报值班医生，并遵医嘱给予肌注欣母沛、静注缩宫素、吸氧、监测生命体征等措施，然而效果甚微。产妇仍出血不止，出血量达 1400 毫升，出现了产后大出血情况。我们立马请来 B 超室医生进行检查，抽急诊血送检，打电话给血库要求送血。经过药物止血后，产妇出血情况未好转。最后值班医生当机立断，使用球囊止血，并在 B 超医生的配合下，成功将球囊送至出血处压迫止血。张水仙老师用自己精湛的助产技术和丰富的临床经验，开启了产妇和婴儿的两扇门。整个过程是那样有条不紊，迅速中不掺杂一丝慌乱。这瞬间我感受到自己是那么渺小，觉得有太多需要向老师学习的知识和技能！

老人常说生孩子就是从鬼门关走一遭。这句话在现在看来虽然有点危言耸听，但分娩过程中确实危机四伏。分娩是一个短暂却又“漫长”的动态过程。说它短暂，是指对于时间而言它不过是一年中的几个小时，在一生的时间中甚至可以忽略不计。但是对于产妇和家属而言，每一阵宫缩的疼痛，每一秒焦急的等待，都是这么漫长。很多次，当我听到经历了十几个小时的阵痛、满是汗水的产妇用低沉的语气说“我不想再生了”时，我会深深地感觉到内心的无助。虽然心里很疼惜，但是除了言语上的安慰，我却什么也做不了。而老师会紧紧地握着她的手，坚定地对她说：“相信自己，你一定可以的，加油。”带着产妇进行各种体位的调整，帮助产妇缓解疼痛，增加产妇的舒适度。前一刻还烦躁焦灼的产妇，在老师的陪护下温顺乐观地迎接新生命的到来。老师的坚守让我懂得了，分娩就如同一场漫长的马拉松，一名优秀的助产士就像一个好的陪跑者，帮助产妇从心理上树立克服一切困难的信念，给予产妇前进的力量……

孩子是家庭的期望，生命的降临从而被赋予了更多的含义，充满了仪式感。响亮的第一声啼哭，如天籁般动听，宽慰了产房里每一个人的心。每当我给新生儿戴上腕带，印好脚印，将他包在温暖的襁褓里，看着他在母亲身边幸福地吸吮，看着一家人幸福而满足的样子，我都会深深地为生命带来的温暖所感动。这一幕充满温情的画面，是对助产士无私付出的最好回报。

三个月的光阴对每一个人的意义都不同，有的人觉得漫长，有的人觉得短暂，有的人过得平淡，有的人过得充实。而在产房三个月的实习经历，对我这么一个还未入职的学生而言，让我感到紧张、兴奋、充实。在这三个月中，我跟着张水仙老师学到了很多很多，如查宫口的技巧、如何应对产妇的各种突发事件、如何指导产妇正确使用腹压、导乐等，这将是我一生的财富，万分感谢张水仙老师的耐心教导。在产科三个月的实习期间，我也体会到了助产士工作的艰辛，但老师的教导让我真正走近并且爱上了这个职业。助产士是连接婴儿和产妇的一条通道，是打开父母和孩子相见之门的钥匙。

我即将迎来我的职业生涯，希望我可以成为一名助产士，拥有一个幸福的使命——守护新生命的到来，托起生命的太阳。

保护幼苗的伞

作者:张翔　　班级:护理学专业2015级滨江4班
带教老师:吴莹莹　　职称:主管护师
所在医院:杭州市第三人民医院　　所在科室:儿科

在杭州市第三人民医院10个月的实习期间,我见到了许多的患者,也体会到了患者与家属之间的冷暖。带教老师对患者的那种细心与体贴更是让我感动不已,其中吴莹莹老师对一个患儿的细心照料给我留下了深刻的印象。

那是一个患有葡萄球菌性烫伤样皮肤综合征的1岁9个月的女童,这种疾病不仅少见,而且随着疾病的进展患儿不仅会感到剧烈的疼痛,还会在后期伴随难以忍受的瘙痒感。而且由于这种疾病主要侵犯患儿的表皮,使之出现泛发性表皮松解,大片表皮剥脱,全身皮肤脱屑起疱十分严重,再加上患儿的年纪过于幼小,自制力严重不足,容易抓挠破溃的皮肤,极其容易发生二次感染。我在许多文献中看到,护师对这种疾病的评价都十分一致——这种疾病护理的难度极高,对护士的各种能力,尤其是与患儿及其家属的沟通能力,以及患儿的生活护理方面有着极高的要求。而这些我在吴莹莹老师护理该患儿的短短8天内有了充分的了解。

疼痛可以说是伴随着这个疾病全程的,那种疼痛对于人尤其是一个如此幼小的儿童来说是极其恐怖的。在患儿来到科室内之后,可以毫不夸张说,只要她是清醒的,她都在哭闹。而且每天患儿的睡眠时间是极少的,只有当她哭到十分疲倦的时候，才会安静下来睡几个小时。更加可怕的是，由于患儿的表皮存在大面积的脱屑、破溃和起疱，所以每次患儿的妈妈想要抱抱自己的孩子时，这种拥抱都能引起患儿更加剧烈的疼痛，甚至有时候连患儿自己的小裙子擦过破溃皮肤时都能引起这种疼痛。每次当孩子哭着要妈妈抱抱的时候，妈妈都只能轻轻地搭着自己孩子的肩膀安慰自己的孩子。就在我们毫无办法的时候，吴莹莹老师第一个向医生提出能不能用一些生理盐水来稀释利多卡因，然而通过湿敷来减少患儿的痛苦。效果当然很好，用上利多卡因湿敷之后，患儿的哭闹明显少了很多，患儿每天睡觉的时间也有了明显的增多。就是每次湿敷的药液蒸发之后没多久，患儿就又会被那种疼痛所惊醒。所以每次吴莹莹老师都是算好时间，还没等纱布上的药液干透，就给患儿换上新的纱布，保持药效。虽然每次过去患儿看到老师都会开始哭闹，害怕我们在她身上打针，但是每次吴莹莹老师都会温柔地安慰她、哄她，然后等她情绪稳定下来之后给她换掉身上快要干掉的纱布。慢慢地患儿和老师的关系变得越来越好，渐渐地看到老师也不像之前那样大哭大闹，而是比较安静地听从老师的话，到了后来甚至当老师给她打留置针的时候，她都尽量忍着不哭不闹，乖乖地让老师打针。这大概是因为她感受到了老师对她的温柔，知道老师是为了她好，才会乖乖地听老师的话吧。

护理金黄色葡萄球菌烫伤样皮肤综合征的第二个难点就是对患儿生命体征的监测。在上文中我就提到过，金黄色葡萄球菌烫伤样皮肤综合征的患儿是很容易发生二次感染的。而且这个疾病本身会造成患者体温升高，同时这种升高的体温不仅不容易与二次感染所造成的体温升高区分，而且体温上升的幅度比较大，降温困难。所以测量患儿的生命体征就变得十分重要。但是疾病所伴随的疼痛和瘙痒，让患儿的配合度变得很低。又由于我们需要测量的次数比较频繁，而患儿的睡眠时间不确定且睡眠程度浅，十分容易被惊醒。有时候家属为了让患儿有更多时间休息，也会迁就患儿的情绪拒绝测量。这两点都给测量生命体征的工作带来了巨大的困难。每次遇到这种情况，吴莹莹老师都会亲自上阵，不厌其烦向患儿家属解释测量患儿生命体征的重要性，同时也多次保证动作一定会轻柔，不会吵醒患儿。在老师的多次沟通中，患儿的家属也渐渐地了解到了测量的重要性，加上看到几次测量过程中，吴莹莹老师也的确做到了不惊醒孩子，也就同意我们按照医嘱进行测量了。其中功劳最大的就是吴莹莹老师，是她不厌其烦地向患儿家属做出解释，也是她精湛的操作技术赢得了患儿家属的信任。

至于患儿的日常生活护理，吴莹莹老师在一开始就对患儿的家属做了多次十分详细的宣教。其中包括告知患儿家属接触患儿时保持自身清洁，家属及患儿的衣物选择较为宽松、柔软的材质，尽可能减少衣物与患儿皮肤的摩擦；为患儿修剪指甲，以免抓破皮肤；24 小时专人陪护，安抚患儿情绪，保护患儿皮肤，必要时选用大小合适的清洁、柔软的手套或袜子包裹患儿双手，防止其抓挠皮肤引起皮肤破溃感染。然后老师每天都会去观察患儿破溃的皮肤，看看这些皮肤是否有愈合的倾向或是出现更多的破溃，仔细了解患儿的转归情况。同时，老师在对患儿进行各种护理时，都会严格执行手卫生消毒，戴一次性手套，尽可能地保护患儿，防止患儿出现二次感染；每次巡视病房的时候，都会仔细观察患儿床铺上皮屑的量，以及被褥是否被患儿破溃皮肤渗出的液体所污染，并及时更换受脱落皮肤和渗出液污染的被褥，保持床单干净、平整、干燥。

在吴莹莹老师的细心、全面的护理下，5 天以后患儿身体上的疼痛感和瘙痒感就有了极大的减少。同时患儿的家属也渐渐开始抱着患儿在病区里活动，患儿的脸上也渐渐有了笑容。6 天以后患儿破溃的皮肤就开始出现较多的结痂、愈合。经过 8 天的治疗，小女孩终于出院了。出院的时候患儿家属多次表达了他们对吴莹莹老师和医生的感谢。医生的一句话也让我知道我们护士的重要性，其实一点都不比医生小——“其实你该多谢谢那些护士，你这个病我们医生做的真的不多。”

守卫生命的战士

作者：郑紫微　　班级：护理学专业 2015 级本部 6 班
带教老师：吕彦仪　　职称：护师
所在医院：杭州市红十字会医院　　所在科室：急诊

实习整整 10 个月了，护理工作是繁杂而辛苦的。这段时间里，我很好地实现了从学生到医务工作者的角色转换，通过理论与实践的结合，我学到了很多书本上学不到的知识。还要谢谢那些带过我的老师，我从他们身上学到了好多好多。其中印象最深应该是我在急诊的实习了。在这里，基本上每个星期的班都不一样，每天接触的人和遇见的事情也都不一样，每天都有满满的新鲜感和期待感。

急诊科是医院的前沿阵地，是一个没有硝烟的战场。每天这里都要接待几十名甚至上百名急诊患者。作为一名急诊科的护士，我深知急诊科危重患者多，患者病情变化快，抢救的最初几分钟往往是抢救成功的关键。

记得那天上夜班的时候，一个小孩因高热惊厥被爸妈抱到急诊的抢救室。小孩的体温达到 40.1℃。询问后知道小孩两年之前已经高热抽过十几次了。家属一来便要求我们给小孩打一针退烧药。但是药不是我们说打就能打的，要医生开医嘱后我们才能实行。老师马上联系了儿科医生，科室医生迟迟没有把医嘱开出来。家属一急就把气全撒我们身上，不停地说我们的工作效率怎么这么慢，开个药都这么久。老师并没有和他们争执，把小孩安顿好后（脱衣服散热、监测心电监护、吸氧、测血糖、建立静脉通路等基础操作），立刻跑去催儿科的医生，拿到医嘱后马上跑去拿药，真的一分钟也没有耽误，之后也尽快地给孩子用上了药，孩子体温也慢慢地降了下来。之后老师也教导我说，在急诊，患者及家属在与医护人员较短的接触时间内，还未建立良好的信任感，对医护人员工作的每一个细微环节都十分敏感，医护人员的言谈举止对患者心理也会产生很大影响。面对个别患者和家属的误解甚至谩骂也要以平和的心态去面对，只要换位思考，将心比心，就没有解不开的结，不管患者带着什么样的心情及态度，但他们对我们有最基础的信任，因为他们把他们家最珍贵的两样东西交给我们了，即他们的命和钱。

在平时空闲的时候，老师会教我很多关于疾病方面的知识和在工作中需要注意的地方，能让我上手的时候尽量让我自己上手，给我的动手机会很多。在一次给患者打肌注针的时候，可能针插得过深了，抽有无回血时发现有回血。第一次遇到这种情况的我当时就慌了，也不知道该怎么办，于是就把针拔了，然后去求救老师。老师当时知道后先和患者去解释沟通了一下，得到了患者的理解。然后老师在另一侧把针打了，边打还边安慰患者，让他不要那么紧张。事后老师耐心地跟我说："以后遇到这种情况，你只要稍微把针退出来一点，再抽抽看有没有回血再打就行了，不用把针头拔出来，不然患者心里也会不舒服的，会想说为什么要挨两次针眼。"真的，只有在实践中才能成长，通过这件事情我也吃一堑长一智了，在慢慢摸索的过程中不断改进。

在带教老师的帮助下，我基本掌握了急诊科常见病的护理常规及鼻饲、吸痰、给氧、洗胃、皮下注射、肌肉注射、静脉注射和心电监护等技术操作规程。严格"三查七对"及无菌操作，努力将所学理论知识和基本技能用于实践。在此过程中我不断总结学习方法和临床经验，初步学会了对患者进行分诊，熟悉了急诊的专业技术和急救仪器的操作。现在我感觉自己的目标更加明确了，动力更足了。我希望，通过我的努力，做得更好，帮助更多的患者。

急诊科接触的患者多样化，各个层次的人都有，所以我们在工作中要灵活，遇到不同问题要不同对待。在急诊我学到了临床学不到的社会经验，例如如何面对各种突发事件，如何配合医生抢救患者，如何正确使用抢救仪器，如何做好患者的解释工作，等等。急诊科疾病种类繁多，突发事件多，危重患者多，院前急救多，从中我感受到了急救工作的责任与辛苦，同时也体会到了抢救患者成功时的神圣与喜悦。面对危在旦夕的生命，看到患者渴望生存的眼神的时候，我深刻体会到了医护工作的神圣，是白衣天使们在努力挽救生命。当我们共同战胜死神的时候，我们的心情是无比的高兴与自豪。所以对于医护人员来说，只有热爱自己的专业，尽职尽责，善待每一位患者，才能成为一个合格的白衣天使。

护士虽然没有惊天动地的事迹，但在整个医疗过程中的作用却是举足轻重的；护士虽然没有起死回生的仙术，却能为枯萎的生命注入一线生机；护士用睿智的头脑、娴熟的护理技能、无私奉献的精神，在护理的事业中创造出了许许多多的辉煌。护理这份职业是普通、琐碎与辛苦的，我会向老师们学习，工作中兢兢业业，脚踏实地，以身作则，严于律己，在普通中收获成长，在辛劳中收获欣慰，在琐碎中收获人生的价值。

呵护新生的小天使

作者:胡秀君　　班级:护理学专业 2015 级本部 4 班
带教老师:林晓佩　　职称:主管护师
所在医院:杭州市红十字会医院　　所在科室:儿科

为期 10 个月的实习已经结束了,回顾这 10 个月,感慨良多,收获颇多。它为我打开了视野,增长了见识,为我以后进一步走向工作岗位打下了坚实的基础。这些离不开医院为我们提供的良好的实习环境,也离不开每个科室带教老师悉心的指导,很感谢她们,其中给我印象最深刻的、我最想感谢的是儿科的林晓佩老师。

进入儿科科室,我从带教老师那儿了解到,儿科是个综合性很强的科室,涵盖了内科、外科的各种疾病情况。但儿童疾病的种类与成人大不同:起病急、来势凶、变化快。因此我们儿科护士要根据其疾病特点,制定一系列相应的护理措施。由于儿童自身的特点,以及年龄小不会或不能准确描述病情,不懂得与医护人员配合,所以儿科诊断、治疗及护理工作内容多、难度大、要求高。除治疗疾病外,还需要进行大量的健康教育及生活常识教导。所以必须在每天的护理过程中、交接班过程中细微敏锐地观察患儿病情,若发现病情有所变化,应及时地报告老师、上报医生,以便有效调整治疗护理方案或者更改用药。由此也更能看出儿科护士工作的不易。林晓佩老师的工作更不容易,她主管的是新生儿,未满 28 天的初生婴儿称为新生儿,婴儿初到世上,刚刚展露头脚，生命力脆弱，需要父母的精心照顾才能茁壮成长。但远离了父母的新生儿就必须依靠我们医护人员的悉心照顾，为此我们必须熟悉新生儿的生长的特点。比如新生儿的心跳的特点，婴儿刚出生的时候心跳较缓，随后会越来越快，一般在出生一周左右心跳达到最快，每分钟 140 次上下都属正常。人在婴儿时期，心跳普遍快于长大后，随着年龄增长，心跳速率也趋于稳定。又比如新生儿的大便的特点，一般新生儿会在出生后 5—7 小时内排第一次小便，在 11—12 小时内排第一次大便，若 24 小时内都未排便，甚至有呕吐、胃痛等病症时，须及时就医。新生儿的疾病护理往往会比普通儿科患者复杂，因为他们更娇嫩、更无法用言语来表达自己。新生儿室的环境要求、护理要求注定了新生儿不能与父母共处，身边只有医护人员的照顾，所以新生儿室的医护人员的任务十分重大。而林晓佩老师则是我在两个星期的实习时间里所见到的最厉害、最好的老师。

进新生儿室的第一天，我还不认识林晓佩老师，当时就站在一边，是林晓佩老师面带微笑地问我："你是跟××老师的，还是跟林晓佩老师的？"我就说我是跟晓佩老师的。现在我已记不太清她当时回了我一句什么，但我永远记得当时她给我的那个笑容，它不仅让我对接下来新生儿室两个星期的实习充满了信心，而且让我喜欢上了林晓佩老师。

在林晓佩老师身上，我可以真正看到她对小宝宝们的爱，还有她那精湛的护理技能。

我印象最深刻的有两件事。一件事是：因为林晓佩老师平常上的都是责任班，所以很多小宝宝的治疗她是不负责的，有治疗班的老师专门负责。但是那天有个小宝宝要进行输液，要打留置针，结果那个治疗班的老师尝试了好几次都没有成功，最后林晓佩老师成功一次打进，而且在途中很照顾小宝宝的情绪，这让旁观的我感到很骄傲，我有一个如此优秀的老师。她不仅技能扎实，而且把人文关怀真正地用于患者的身上，并没有因为小宝宝的家长不在身边而忽略了他们的心理需求。另一件事是：有一回上夜班，因为那几天科室有很多新生儿，就我和老师两个人，所以老师要做的还是很多的。可是也不知道怎么了，其中有个小宝宝就是不肯睡，时不时地哼唧几下，给她换了尿布喂了奶后，她还是不肯睡。老师便说她可能要抱抱，于是她便抱起了小宝宝，坐在电脑前，一边写交班，一边安抚小宝宝。小宝宝在老师的安抚下情绪也平静了下来，但也只是平静，只要一放进小床，便开始闹腾。最后老师抱了快一个小时，她才静静地进入梦乡，把她哄睡后老师又继续进行电脑工作。看到老师那样抱着小宝宝，并进行安抚，我觉得林晓佩老师真的是一个很合格的儿科护士，有耐心、很细心、有能力，我十分佩服她。她让我明白爱就是天使的翅膀，无论在哪个年代，善良和爱心始终是支撑人性的基石。空下来的时候她也会跟我说一些新生儿的护理技巧，比如特殊时候安抚奶嘴的使用、喂药的技巧、新生儿的中医抚触等。在新生儿室的两个星期里，我学到的不仅仅是技能，还有必要的人文关怀，我想我会把它们应用到我以后的护理工作中。

也许我不是你最出色的学生，但你是我最喜欢的老师。凭借和蔼可亲的态度、认真严谨的工作态度、优秀卓越的技能，我相信你一定会在未来的护理道路上越走越远、越走越顺利。我希望我也可以像你一样做一个优秀的护士、优秀的带教老师。

护理工作不像一般人看到的那样简单，它需要护士拥有扎实的理论基础、熟练的操作技能、良好的人文关怀。做护士不易，工作压力大，护患关系紧张，但我们既然选择了这条路，就应该勇敢并且坚定地一直走下去，克服路上的艰难险阻，治愈患者，实现自我价值。

一身素洁的白大褂，一顶无华的燕尾帽，在分秒中播撒温馨。一份关心，一声问候，散发着芬芳与美丽。幻成圣洁的天使，立在患者的心中，不必介意平凡，整个旅程，你就是风景。

林晓佩老师，谢谢你。

爱的力量

作者：胡丽　　班级：护理学专业2015级本部5班
带教老师：袁丹　　职称：护师
所在医院：东阳市妇幼保健医院　　所在科室：妇科

护理工作是平凡的工作，然而护理人员却用真诚的爱去抚平患者心灵的创伤，用火一样的热情去点燃患者战胜疾病的勇气。

——南丁格尔

漫漫人生长河中，每个人都有自己的岗位，岗位就是一个人一生中用所有理想和汗水浇灌的土地，是一个人热情和青春的坐标。面对如今的医疗环境，我不得不感叹，要成为一名医护人员，的确需要持之以恒的奉献精神，而要成为一名十几年如一日地坚守岗位的护理人员，更需要巨大的耐心和毅力。

袁丹老师，是我在妇科实习的带教老师。虽然她自述自己只是众多医务人员中平凡的一位，但是我依旧把老师当作我职业生涯中的目标与榜样。是她，用真诚、爱心书写着平凡而光彩的人生，用自己的行动赢得病患的信赖。从她的笑容里，我读懂了奉献的乐趣；在付出劳动的同时奉献爱心，使我体会到了人生的价值和内涵。

我的带教老师很优秀，不论是技能层面还是人格魅力方面。我想我会永远记得那一天的情形。那是我在妇科实习的第二天，那天的工作量尚能够承受。在中午 11 点半左右，我和老师刚吃完午饭，就看到一名医生和一个抱着孩子的家属搀扶着一个面容惨白的妇女，刚出住院部五楼（妇科病区）电梯口，那名医生就急匆匆地呼叫“快来个护士，有人不行了！”只见我的老师和另一名值班的老师立马冲上去把患者送入病房，然后快速评估后判断其为休克状态。于是急忙呼叫我把心电监护和导尿包拿来。当时我的脑子一片空白，因为刚来科室，还未熟悉科室用物放置特点，所以听到指令后也只能无意识地跑来跑去，心里十分慌乱。最后还是午间休息的老师帮我推来了。等我推到病床旁的时候，护士医生们都来齐了。而我的老师也已经成功地开通了两路静脉通路并给予患者高流量吸氧、静脉输入平衡液。然而此时患者的意识已经逐渐涣散。医生们经过简短的评估与讨论后，认为这是明显的输卵管妊娠破裂，决定立刻送入手术室实施剖腹探查手术（该患者被诊断为异位妊娠）。这时，我的老师让我立马把平车推来。该患者在我的老师和妇科医生们的陪护下被送入手术室进行进一步抢救。在病房的抢救过程中，我听到的是充斥着整个病房的小女孩哭声和心电监护的警报声以及医生们探讨病情的声音，喧闹异常却又有条不紊；看到的是患者脸上故作坚强和苍白的面容以及家属脸上沉重的担忧和显眼的焦虑。那一刻我才真真正正地体会到了生命的脆弱和生活的世事无常。事后，我的手轻微地抖动，我的老师还安慰我说经历过一次之后，以后碰到这样的事就不会这么慌张了。而这个患者经过在手术室被切除一侧输卵管并输了 1300 毫升的血后，被安稳地送入病房。在这件事当中，我看到了我的老师处事不惊的工作态度和有条不紊的操作以及全程统筹。这种一线抢救活动最能体现医务人员的职业素养，很显然袁丹老师具备这种超强的职业素养。

护理工作是需要爱心、需要奉献、需要理解的。如果我们能真正地把患者放在心上，设身处地为患者着想，或者说如果我们把每一个患者都当成朋友或亲人，真真切切地关心患者，照顾患者，全心投入，真诚相待，我们的医患关系就会更加和谐。我曾经问过老师为何要选择护理这一职业，她笑着对我认真地说，我的专业就是这个，而且在临床工作久了之后，即便有担任其他工作的能力，也不想去改变了。临床护理工作虽然很琐碎平凡，但是它会给人带来成就感和责任感。看到患者们一个个痊愈，然后顺利出院，内心会涌现出一股感动之情。

袁丹老师接待过一个异常子宫出血的患者，她当时并不想住院，只是想办个手续。因为她存在重度贫血，所以老师告诉她，住进来就不能回去了，而且今晚就得输血了。她顿时就无声地哭了，然后在老师的关怀和安慰下，她慢慢地变得不再抗拒住院。住院之后，每一次查房或者床边交班时，老师都会面带笑容且温和地问："今天感觉好些了吗?"在问到为何要二次手术时，老师也是极其耐心地回答。这个患者出院当天，还跟护士长说："那个袁丹护士是真好，真正地在为我们考虑。"

每次下班前，袁丹老师会再来看看她的患者，问问患者有什么需要，问问患者今天感觉如何。一句句简单的问候拉近了老师和患者之间的距离。一句句真诚的话语，使患者体会到了医患之间的平等与亲切，护患之间也架起了一座座心灵的桥梁。

实践永远离不开理论。所以，在上班的同时，老师还要给我们上小讲课。不论是讲解乳腺癌知识还是妇科肿瘤内容，老师的神情总是严肃认真的，讲解的内容也都贴近临床方面，非常实用且有效。

经常有一些患者出院后，会打我的老师手机与她联系，因为她们相信无论是咨询病情还是询问用药，我的老师一定会尽力帮助她们。护患关系中，最渴望的便是这份信任，因为这恰恰体现出护理人员的价值和成就感。

无疑，袁丹老师是一名非常优秀的护理人员，同时也是同学们心中的好老师。虽然老师不能像救死扶伤的医生们那么崇高和伟大，但是其存在的意义也绝不比他们弱。作为一名未来的护士，我希望能够将这份奉献精神一直传承下去。

最美的样子

起舞在针尖上的“南丁格尔”

作者：钱珂　　班级：护理学专业2015级本部3班
带教老师：石芸　　职称：PICC专科护士
所在医院：浙江大学医学院附属第二医院　　所在科室：PICC门诊

都说“二月春风似剪刀”，春天是一个富有生命力的季节，万物复苏，生机勃勃，一切都充满希望。今年春天好像迟到了，3月的杭州依旧令人冷得发抖。在浙江大学医学院附属第二医院PICC门诊室外，络绎不绝的患者紧紧裹着大衣，静静地候诊着。这个门诊诊室很简单，一张床、两把椅子、两张桌子、一台电脑和一个储物柜，仅此而已。诊室内也没有医生，仅有一名淡妆美丽的护士和一个来实习的小伙子。

“请0010号患者到PICC门诊就诊。”这时，广播又呼叫了一名患者就诊。“大爷，您身上的管子几个头的呀，上一次维护是什么时候呀，管子周围有没有发痒、发红呀？”大爷刚坐下，一个温柔、富有磁性的声音便响了起来。看着这位“年轻的美少女”，你难以想象这是一名已经工作了20多年的临床护士——PICC专科护士石芸。铺巾，观察皮肤，询问并发症，消毒，冲洗管道，敷贴固定，提醒患者下次门诊和回去后的住院事项，一系列动作一气呵成，有条不紊。自从成为PICC专科护士开始，从周一到周五的每个早上，石芸老师都做着相同的事情已经有4个年头了。

“这个护士很细心，说话很温柔，我每个星期都要来这里，给我手臂上的管子消消毒，她都认得我了。”这名患者仅仅是老师每天要护理的几十名甚至上百个患者中的一个。这些患者大多因为疾病的原因，需要长期输液治疗，为了减少穿刺带来的痛楚，老师为他们从手臂穿刺了一根管道——PICC 置管。这根管道从手臂穿刺，能够抵达中心的大静脉，还能保留一年的时间。在这一年时间里，患者需要输液时，只需要给这根管子口消毒，冲管后便可以用药了。为了保证这根管子能正常使用，患者每周需要来医院随访，观察一下局部皮肤黏膜是否完好，管路是否通畅。接待一个患者，从观察皮肤、消毒、更换输液接头到重新贴膜需要 10—15 分钟。有时候一个早上就来几十个患者，根本来不及。因为下午还要前往各个病房，为需要穿刺的患者进行穿刺，所以，为了加快速度，减少患者候诊时间，石芸老师通常给两到三个患者同时操作，在一个患者消毒待干的同时给另外一个患者换膜，一早上下来往往连喝水的时间都没有。

有时候患者少，稍微空下来点，石芸老师就会让我去尝试，从如何和患者打招呼、如何观察局部皮肤情况、如何快速正确地撕开薄膜到正确的消毒范围、手法、管道固定都十分仔细地教导我。好像想把她 20 多年总结出的手法经验、每一个细节的操作都无私地传授于我。在她的监督指导下，我能够独立为患者更换薄膜，冲洗消毒。除此之外，每当有典型的并发症时，她都先让我观察思考，询问我如何处理，然后指导我正确的处理方式，慢慢地我也就习惯了边工作、边思考，有不懂的、难以理解的当场请教老师，然后消化。临床带教的优势是将典型的症状展现在你的眼前，让你用情景记忆的方式去理解、去体会，让你有更加深刻的认识，并理解某种疾病的症状和体征，真正地通过自己的所见所闻将抽象的理论知识转化成自己的知识。

午饭过后，一台 B 超机、一辆护理车以及一包穿刺包，那些是老师的神器。老师每天下午携带着这些设备奔波于各个科室，为那些需要穿刺 PICC 的患者穿刺。那些患者大多是身患各种疾病，需要长期输液治疗的患者；又或是那些静脉条件很差的老年人，为了减轻穿刺给他们带来的痛苦，需要经验丰富的专科护士为他们穿刺、置管。每当给患者穿刺完，石芸老师总是要强调好几遍注意事项，然后微笑着和患者告别。她告诉我，微笑着宣教这个步骤是必不可少的，这样的宣教能最大限度地保护好这根管子，减少患者的二次穿刺。就是这样一根小小的管子，极大地减轻了患者的不良反应，给那些重症患者带去了一些希望。

“有时候，这个职业挺孤独的，不像那些病房的护士那样，有一个团体，需要帮忙的时候有人会伸出援手。偌大的一个医院，做穿刺及其护理工作的也就那么几个人，滨江院区通常只有一个人，除了患者也没有其他人陪你说说话了。”石芸老师有时候也会这么说。是呀，能力越大，责任越大，也越是孤独。我们要学会去体会孤独，用自己的能力和行动去服务患者，看到患者笑了，说一声感谢，这或许就是最大的馈赠吧。

世界上不缺乏有梦想的人，但缺乏去追逐梦想的人。有一次碰巧看到老师的座右铭“为了生命，去挑战一切未知困难”。这或许就是一名护士，尤其是一名专科护士对患者最大的承诺吧。PICC需要极高的穿刺精度和成功率，一些患者病情危重，没有二次机会，只能一针见血。无论患者的静脉条件如何，病情多重，我们所能做的就是挑战极限，突破自身，在一次次的操作中不断成熟，直到能直视真正苦痛，面对巨大的挑战。

虽然我跟着石芸老师才仅仅一周的时间，甚至够不上实习的要求，仅仅是见习吧，但是石芸老师的所言所行和很多老师不同，那是只有体会到患者苦痛的护士才能感悟到的。学无止境，或许现在的我还达不到老师的高度，成为某一领域的专家，但是减轻疾病折磨，给患者带去健康、快乐是我一直追随的目标，这也是千千万万护理人的使命吧。

桥边垂柳嫩芽吐翠，春天还是温情明媚、平易近人的。也许是春天真的来了，也许是看到了希望，又或许是老师坚定了我从事护理的信念。回去的路上，迎面来的风好像也不那么刺骨了。

最美的样子

作者:王锴莹　　班级:护理学专业 2015 级本部 1 班
带教老师:李影、田琼　　职称:主管护师
所在医院:浙江大学医学院附属第二医院　　所在科室:ICU、血液内科

ICU 李影

ICU,一个陌生而又神秘的地方,我想靠近探索,却又害怕远离。儿时亲戚突发脑出血在 ICU 住了 7 天,最后永远离开了我们……儿时的记忆中,ICU 是一个噩梦……

初来乍到,这里的空间非常大,我们常常要踏平衡车穿行其中,A、B、C 三个护士站并列而立,相应地病区就有 A、B、C 三个分区,每个区域都有自己的治疗室、器械室,一切摆放井井有条。

第一天岗培,这里庄严沉重的气氛让我觉得十分压抑,而且在实习末期,大家的心都有些浮躁,我也不例外,对于上班的积极性越来越低。初见她,上班第二天。我 7:20 到科室,自以为很早,当我走进病区才发现我管的房间已有一个风风火火的背影在患者的床头和床尾穿梭。这个背影就是她——我的带教老师影儿。在我实习后期,她让我经历了思想上的脱胎换骨。

实习中后期，我的身体被夜班折腾得疲惫不堪，内心也开始慢慢抵抗实习。加上找好了工作，对实习更是有恃无恐。直到进入 ICU 碰到影儿老师——这个“噩梦般”的地方里的“恶魔”，却给了我当头棒喝让我清醒。

第一周，影儿老师手把手地教我抽血气、做 ACT、上肠内营养，凡是我有一刻得空，她便让我看各种与 ICU 护理相关的 PPT、将其他老师的活交给我干。上大夜班的时候，让我和护工一起配合为患者翻身、带我去很远的地方看麻药、催促我看理论内容……而当我听到一同实习的小伙伴讲，白班他们是如何聚众聊天或是坐在边上休息，夜班又是多么幸运地碰到一个让他们从午夜睡到凌晨的老师，我是多么羡慕啊！我常常都在奔跑忙碌之中，穿梭在偌大的 ICU 病区中。

第二周，我和影儿老师管了一个肺移植的患者，二管一。情况非常危重，早上 7:30 我到科室，7:50 患者就开始抢救……酸中毒（乳酸高达六七十）、心搏骤停……在一阵慌乱中，所有人都围在肺移植患者的房间，我们被包围其中。这个时候影儿老师冲在了最前面，她一步踏到床上开始胸外按压、配去甲肾上腺素、配合 CVC 穿刺和临时血透置管。而此时的我，什么忙也帮不上，只是在一旁愣愣发呆，最后被护士长“赶出”房间去照看其他患者……我想是我太多余了只会帮倒忙……经过了一整天的救治，患者的生命保住了，但病情仍旧危重。因为移植患者是隔离的，所以打扫卫生的阿姨不允许进入，影儿老师便自己拿拖把拖地、捡垃圾，那一刻她风风火火的身影，是如此厚实有力。后来我和老师一直管着这个患者，上夜班的时候，我困得眼皮打架，影儿老师却依然精神振奋。虽然她平时对我既严格又严厉，但我却开始佩服她的毅力和耐力。管这个患者并不轻松，管这一个比不上别人管三个容易，白天的工作强度很大，晚上也丝毫不减，但她却依然保持着百分百的警惕，毫不懈怠地管着这个患者。我忍不住问她夜班是否会感到一丝困意。她却说丝毫没有，因为自己的责任和使命在这里，她犯困、打盹儿，只会给别人的生命安全增加风险，所以她丝毫不困。借着这个机会，她继续说着：“虽然平时我对你很严厉，但是实习就是学东西的时候，实习学到的一辈子都不会忘，所以我希望你能多学点东西，来ICU能有所收获，才不枉此行!”我的眼眶开始泛红，这两周所受的辛苦，也有了一丝安慰。

此后，我便踏踏实实跟着影儿老师学习，从前她的微笑是我的负担，如今她的严厉却是我前进的动力。我不再浑浑噩噩混日子，就算小到拖地换垃圾袋的事情，我都抢着去做，最终受到了护士长的认可。

血液内科田琼

刚进入临床的我，不敢尝试任何穿刺操作。当骨科带教老师给我机会让我尝试的时候，我都没有做好，“这么好的血管让你抽血都会打爆，我不知道说你什么好，你看看你的角度有多高！你的手法我也无力吐槽!”于是在骨科，我没有抽成功一次血，也没有打成功一次头皮针。带着失败者的情绪，我来到了血液内科，这个满是与血液打交道的地方!

我的带教老师叫田琼——一个很美丽的人，名字就像她本人一样仙气十足！正是在她的帮助下，我才克服了对抽血的恐惧，增加了我继续实习的信心。

大夜班的凌晨，我和她两个人去抽整个病区的血，我双手不住颤抖，连续打爆了三针……她连连替我向患者道歉。我原以为走出病房会是一顿数落，可她却放下手头的活，耐心细致地讲起了抽血的具体步骤和细节，直到我这个笨学生从一直摇头变成连连点头后，她继续给我实践的机会，我才成功抽成第一次血。让我比较惊讶的是在临床上，时间是非常宝贵的，老师们干活速度都特别快，而田琼老师却愿意暂时放下其他患者给我仔细讲解，并且还鼓励我多多练习，为我创造各种机会，让我的自信心得以建立。虽然这是很小的一件事，但却奠定了我整个实习过程中的信心!

在我眼里田琼老师就是“天使”，可是有一天“天使”却哭了。医院规定病房里患者不能使用自备药，就算有自备药也要让护士代为保管。有个化疗患者的自备药放在床头，田琼老师夜班接班，她看到后便询问药的事情，她奇怪于患者明天就要出院，而白班护士却无人发现自备药的事。她只是询问了几句，患者家属便开始吼道：“我们的药关你什么事，你给我滚开，别的护士都不管，你干吗还来。”当时老师就被气哭了，她抱着关心询问的态度，最后反被骂，真是好心被当驴肝肺。虽然被骂，但进入下一个病房，她依旧对患者露出了甜美的笑容。在她眼里，生活再不易，也要笑着应对！

田琼老师，在我眼里，你笑的样子、哭的样子，都是最美的！

实习路上提灯女神

作者：周彬彬　　班级：护理学专业2015级本部5班
带教老师：陈海燕　　职称：护师
所在医院：浙江大学医学院附属第二医院　　所在科室：血液内科

实习时，总是会有老师记不住学生的名字，每次称呼都是“实习同学”或者“妹妹”，虽然语气温柔且轻缓，可是让人听了难免有些失落，有一种不被重视的感觉。当有老师记住我们的名字，并且脱口而出，他会看到我们的眼神里闪着光。对别人而言这是一件普通的事情，可是对于我们来说这却是一件意义非凡的事，因为我们感受到了受尊重和友好。

血液内科的陈海燕老师正是这样一位友善而又亲切的老师。

血液内科是我实习的第二个科室，“新生”的我，刚学会“行走”，刚习惯6点起床的上班节奏。

刚入血液内科，接触到属于这个科室特殊的患者，我有一些忐忑不安、一些恐慌，害怕自己的“粗鲁”惊扰了这些“脆弱”的患者，是陈海燕老师带着我，并一字一句教导我如何护理这些患者。在血液内科，要严格无菌操作，注意患者体温变化，牢记患者血三系……因为患者病情特殊，他们都是白血病、淋巴瘤、骨髓瘤等血液系统疾病的患者，比起其他内科患者，他们更像“新生儿”，脆弱、娇嫩，但遗憾的是，他们却没有像新生儿一样强大的生命力。他们之中有很多人是发现疾病后，在手臂上穿刺PICC或是在胸前埋个输液港，来定期做化疗的。那根管道，是英雄的勋章。我们医护人员就是他们的上级长官，只有在医院，这些勋章才被允许碰触。如果我们的士兵听话，每周都去维护他的勋章，那么就会受到“长官”们的认可和表扬。

我的老师，即陈海燕老师，一定是最温柔、最尽忠职守的优秀长官。责任组里的患者有低热，陈海燕老师会第一时间上报医生；每周一次给 PICC 换膜，陈海燕老师一定按照严格无菌操作来进行；上化疗药前，陈海燕老师会细心嘱咐患者先上厕所，叮嘱化疗过程中的注意事项。

陈海燕老师在日常护理患者时所表现出的温柔和细心，满足了我对护士这个职业所有最美好的幻想，而患者和家属对其所做出的正面反馈，让当时的我，对自己未来将从事的职业，充满了信心。

还记得在血液内科跟陈海燕老师的第一个全夜班，临近下班时，我突发腹痛，站都站不直，还伴有恶心呕吐等不适。陈海燕老师了解后立刻让我去休息室休息，想方设法为我调来了达喜等胃药。当时沉浸在不适中的我并不知道这些，等过了一会老师送来药和温水时，我的内心深受感动。与人相处时，我们总能通过她的言行举止来感受她对你是否真切的关心。陈海燕老师在工作时很少会找我聊天，也不多说一句跟工作不相关的话，但我总能从她的言语中感受到她对带教学生的关心。在血液内科，药物的副作用在这些患者身上也表现得比其他科室强烈。陈海燕老师对疾病知识和药物作用的熟悉掌握，十分值得我们实习生学习。

在短短四周与陈海燕老师的交往中，她对我的真切关心和事无巨细的指导，让我学到了很多书本上所没有的东西，这对我今后的工作和对患者的态度有所影响。

希望若干年后的我，也能初心不改，成为像陈海燕老师一样优秀、有责任感的护士。

每个护士都要经历一个从新手到“老护士”的过程，不断蜕变……一步一个脚印，其中的苦与甜，只有经历过才知道。

也许，当初我们就是那个天不怕地不怕的黄毛丫头，带着满脸的稚气，好奇地追着老师屁股后面问问题，是老师不厌其烦地给我们答疑解惑，并叮嘱我们回去查阅资料，明天再来考我们。

也许我们都听到过患者或家属百般不信任的言语甚至看到过他们满是嫌弃的小眼神，是老师当着他们的面给了我们勇气和信心：让我的学生扎针吧！你相信她，我们以前都是这样过来的，你们给的机会越多，小姑娘就技术越好，谢谢你们的信任！

当我们出现了小状况，是老师跟在我们后面“擦屁股”，挽救大局。

在从护生到护士角色转变的必经之路上，是老师的耐心教导，让我们将理论知识和临床实践有机结合起来，在无涯的学海中找到前进的舟楫；是老师言传身教，让我们深刻领悟到“健康所系，性命相托”的真正含义，培养起真诚奉献的崇高使命感和责任感！

为你写的赞美诗

作者：许优君　　班级：护理学专业2015级本部3班
带教老师：李苗苗　　职称：护师
所在医院：浙江大学医学院附属邵逸夫医院　　所在科室：神经内科

一直觉得，人最大的幸运，是遇到一个人，能够鼓励你、指引你、帮助你。我以为10个月会很长，没想到眨眼间5月份就要来了。

在实习第三个月的时候，在时间碾过夏末的时候，在天气还有些闷热的时候，神经内科的七号房间里，我微笑着对你说了一句“老师好”，从此开启了人生中最温暖的一个9月份。

【初篇·印象】

美丽和利落是第一印象，可爱和睿智是深入了解。可能是因为第一次去内科吧，我觉得你和之前的老师都不一样。神经内科的节奏本就很快，七号房间的重症患者更要多费一份心思。在患者间奔走，在电脑前疾书，与病人们温柔交谈，与疾病奋力顽抗，爱岗敬业的细节不必多言，看见你都是闪闪发光的。

难得空隙坐下的时候，你对我说：“现在你不需要做什么，后面两周我会慢慢放手让你去做的，你不要担心。”“那就跟着老师的节奏走吧。”我记得这是当时手足无措的我脑海中的第一个想法。

【重章 · 信心】

尔后的日子依旧波澜不惊，但当我回头看的时候，才发现三四周后我已经能够自己去做很多事情，能帮老师完成几乎所有的治疗。用一句话来形容，那就是放手不放眼。庆幸当时选择了信任老师，庆幸老师心里有一杆秤，庆幸遇到一个愿意了解我的老师。也要谢谢老师在那些不经意的瞬间给予我的信心和支持。

应该用迷茫来形容当时的自己吧。9 月份正值学校推荐免试研究生名单之际，因为符合保研的条件，所以我有资格被保送。几乎所有的人都在羡慕，但是我的内心却正在经历着纠结，有选择的时候总想权衡利弊，不想人云亦云，所以更加犹豫。直到那天我跟你说“我的论文被录用了”，你面露喜色地对我说“你好厉害啊”，然后当天我看到了你的朋友圈说“感谢时光让我遇到这么多优秀的人”，附了跟我之前的聊天记录。我想了些什么呢，记不清了，只记得感到开心和感动。可能就是这些喜悦和幸福，让我心中的天平开始往一个方向去倾斜。如果可以被喜爱的人肯定的话，那我希望自己能够做得更好一点。

有段对话我记得很清楚。某天，你在电脑前写着重症记录单，我在旁边安静地看着书。你跟我说：“还有什么想问的吗？”我说：“我觉得自己每天干的事情好像都一样，你们这么久了干的事情也是这样吗？”你说：“你不要觉得自己干的事情很无聊。你每天重复的事情，所面对的对象是患者，你是直接接触患者的那个人，如果你能够把该做的做规范，按照要求做好无菌，那么患者的病情可能就会因为你的严谨变好一点。虽然每天在电脑前面写记录的是我，但是相比起来，从患者的角度来说，你更重要。”不得不说，这段话对我的实习生涯产生了深远的影响，可以毫不夸张地说，自此我更加明白了实习的用处，以前总觉得自己就是帮忙干活的，从那以后觉得好像在病房的每个瞬间都是值得赞赏和鼓励的，都是意义非凡的。

【尾联·坚守】

印象比较深刻的事情是寻找患者。听起来会有点难以置信，有天晚上有个患者在住院期间走丢了。在班上发现患者不见的时候距离患者走失已经过去了近一个小时。6 点左右你将工作交接给另外的老师，开始下楼和保安一起在医院寻找，监控显示患者已经走出了医院。后面的细节我不清楚，只知道晚上 10 点半你跟我说还在外面找患者，第二天 7 点半上班的时候看到患者已经在病房里了。我想你的内心应该经历了几乎绝望的几个小时。我说之前有好多老师都说很辛苦不想干了。你跟我说如果真的不想干了就辞职，如果还在医院待着就要做好，负面的情绪不应该说给你们听。在遇到这样的事情的时候，你还是想着如何去反思、如何去弥补，将错误的代价最小化。在以后的工作和生活中，我们都会遇到不计其数的困难，也会犯下大大小小的错误，但重要的是对待困难和错误的态度，是就此放弃吗？不，坚持下去，在错误中反省，在困难中成长，坚韧不拔，坚守在自己的岗位上，我们是可以的。

在你身上，我看到了身为优秀护理人应该有的所有品质。全心全意为患者服务，用心去陪伴在患者身边，感受到用心照顾患者的重要性。护理的内容不仅仅是操作，更重要的是与患者的每一次接触，也许是一个眼神、一个动作；也许是一句话、一个语气，好与不好可能就在一瞬之间。

在你身上，我更加看到了优秀带教老师应该有的所有样子。给还未踏上工作岗位的我们希望、信心、鼓励，给我们走下去的勇气和力量。这是一场接力赛，我们需要将祖祖辈辈传承下来的护理信念更加坚定不移地传承下去。

每个实习生都是一朵含苞的花、一只欲飞的雁，在等待一场对的风来盛放、来展翅翱翔。很幸运，在我的实习生涯中，我遇到了一个能够鼓励我、指引我、帮助我的人。

“美好的、快乐的记忆也值得回顾。我们记住了太多糟糕的事情，而过分忽视了美好的那些。记住这一年吧，只为这一年遇见的美好。即使值得珍视的东西只有一点点，这一点点也弥足珍贵。”温特森的这段话，放在这里说太合适了，你是我 10 个月来遇见的惊喜，想要赞美你，更想谢谢你。

奉献的价值

作者:华志鹏　班级:护理学专业2015级滨江1班
带教老师:李永芳　职称:主管护师
所在医院:浙江大学医学院附属邵逸夫医院　所在科室:普外科

爱因斯坦说过:“一个人的价值,应该看他贡献了什么,而不应当看他取得了什么。”童年时,我最敬佩的人是老师,他们是人类灵魂的工程师——用笔耕耘、用语言播种、用汗水浇灌、用心血滋润。没想到,刚开始实习没多久的我,就碰到了一位改变我一生的老师。开头的那句话,则是我的老师的微信签名,所以我从它引出今天我想表达的内容。

记得刚到普外科,教育护士就给我们实习同学各分配了一名带教老师,还特意问我们对老师有没有什么要求。我很开心遇到了一位认真、仔细、负责的老师,由于还同为富阳人,我们之间的话题就变得更多了。

李永芳老师回忆道:“记得我为一批新护士培训的时候,我们也是用自己柔嫩的双手,一遍又一遍地练习着每一项操作,每一个步骤都做到精益求精,每一个知识点都要深深地刻在脑子里,那种努力学习的精神,那种积极向上的劲头,至今难忘。”李永芳老师悄悄地和我说,一定要努力学,如果有什么地方不明白的、似懂非懂的,务必告诉她。仿佛李永芳老师要将自己掌握的一切毫无保留地传授给我。老师还告诉我,护士虽然没有惊天动地的事迹,但在整个医疗过程中的作用却是举足轻重的;护士虽然没有起死回生的仙术,却能为枯萎的生命注入一线生机；护士用睿智的头脑、娴熟的护理技能、无私的奉献精神，在护理的事业中创造出了许许多多的辉煌。

老师对我说，患者从入院到出院，所有的生活照顾、病情观察、治疗、康复、心理指导及健康教育都由我们每一位护士亲自去做。李永芳老师的言行潜移默化地影响着我，所以我暗暗地把自己也当作责任护士，仔仔细细地学着老师教给我的每一项操作、每一次宣教、每一个表情、每一声话语，不落下每一个细节。清晨，我会和老师一起微笑着问候，为患者洗脸、梳头；饭前，我会和老师一起轻柔地为患者洗手、打饭；处置前，我会和老师一起向患者讲解目的；检查前，我会和老师一起告知患者注意事项；手术前，我会和老师一起为患者做术前准备和心理护理；深夜，我会和老师一起悄悄地为患者盖上踢落的被子。就这样，我在实际操作中充实自己，并提前体会到作为一名"优秀护士"的成就感。

李永芳老师很有条理地分配了我的四周实习时间，让我能循序渐进地、更好地掌握该科学习目标。接下来，我大致分了几点。

李永芳老师按照护生的实习教学大纲，结合科室的实际工作，制定切实可行的专科带教计划。普外科的带教计划按四周进行，在进行专科带教工作的同时，还要强调基础理论及基本技能的带教，严格无菌观念及"三查七对"，真正做到放手不放眼。第一周我们对科室环境、工作秩序等都比较陌生，因此要给我们一个熟悉科室环境、人员和适应工作秩序的过程。入科第一天，教育护士向我们详细介绍科室的环境，包括治疗室、办公室、化疗室、卫生间、开水间、更衣室、病房床号顺序、科室带教老师、各个班次的工作时间、主要工作职责等，把我们分配给每位带教老师。由于临床工作具有衔接性，需要我们尽快适应科室工作，以保证科室护理工作的顺利进行。比如化疗药物的输入，在我们入科的前 3 天，老师们在每一瓶化疗药物的标签上都注明化疗药的名称、滴速、输入顺序等，以便我们更好地掌握。在我们对科室的环境和基本工作熟悉后，又检查我们对基本理论、基本技能的掌握情况，譬如生命体征的测量与记录要点，从而对前面科室的带教工作进行查漏补缺。然后对护理部制定的本轮基本操作进行带教。第一周结束了，李永芳老师应该也了解到我的学习基础或者学习态度了，并且我们建立了一定的感情基础。

在第一周的基础上，第二周李永芳老师重点带教各种给药方法，包括皮下、皮内、肌肉、静脉、中心静脉、癌症疼痛的三阶梯疗法、常用化疗药物的应用等基本给药法及专科给药法的理论及操作要点；同时，进行集中讲课一次，课后召开护生座谈会一次，征集同学们对科室带教工作的意见和建议，并把合理化的意见以书面形式反馈到各位带教老师，以改进带教工作中的不足。讲课内容与前两周带教内容一致。结合病房实际工作，给予操作技术带教，譬如该科常见的清洁灌肠、吸氧等，在进行每项操作前，李永芳老师会先提问我该项的操作要点及注意事项，给予相关理论知识的指导，然后进行实际操作，起到巩固理论、强化操作技能的双重效果。

通过前两周的带教，我们对科室工作已经很熟悉了。第三周李永芳老师则偏重专科带教，提问、操作、讲课内容均体现出肿瘤化疗的专科理论及专业技能。科室还安排了一次专科疾病护理的讲课，让每位同学手写一份护理病历，从中让我们熟悉病情观察、病史采集、护理评估的方法及要点，提问相关知识。在书写护理病历的基础上，布置一次专科护理查房，给我们充分的准备时间，及时进行督促检查和指导。通过护理查房，我们可以熟悉护理评估的方法，掌握疾病护理常规、患者的护理问题、相关因素及护理措施等。查房时间安排在第四周进行。

到了第四周，我的工作表现已经得到李永芳老师和患者的认可。在前三周带教的基础上，进入基本操作和专科操作的检验阶段，分别进行了一次专科操作、基本操作和理论试卷考试。试卷内容涵盖基本理论和专科理论知识。各项考试成绩须达到 90 分以上，90 分以下者须补考。通过考试来强化我们的理论和操作技能学习。

这四周，我对李永芳老师印象最深的无疑是她的沟通能力。每天早上查房时，都她能很快找出患者的护理问题所在，也都能明确知道患者的需求。当然一种优秀的沟通能力会延伸出很多，比如非常耐心和知识储备丰厚。李永芳老师会耐心解答每一个患者的问题。比如患者会经常询问他们每天检查的结果，或者一些与手术相关的知识，抑或术后恢复过程需注意的点，等等。一般其他老师都会对他们说："这些不是我管的内容，要不你等医生查房的时候问问他们吧。"李永芳老师则不一样，她会抽出大量的时间和患者讲解（用她所学知识内容）。有这样的付出，当然也会得到患者的认可。记得有一天快要下班的时候，天空下起了瓢泼大雨，患者家属看到李永芳老师在向同事借伞，立即把他的伞塞给了她，还一直在说没事的，明天上班还他就行。李永芳老师不仅对患者及家属耐心，对我也是如此。不论什么知识点都要跟我细说，有时讲的内容过多，就把知识点写在 A4 纸上面。记得有一次她给我讲解一个心功能的实验室指标：脑钠肽（pro-BNP）。由于这个名词我第一次看到，所以忘得特别快。李永芳老师也知道我容易忘，就一遍、两遍、三遍地问我，这个是什么指标。直到第三遍，我才把它彻底记了下来。李永芳老师对我的所行所言，我至今都铭记于心。

所以这四周的时间对我来说是非常充实的，每次下班回到寝室，我都会抽出一定的时间对新知识或疑点的地方进行巩固与学习。由于邵逸夫医院的排班是 12 小时制的，待我整理完知识、洗完澡已是深夜。现在回想起这段时间，我仍觉得非常幸福，我会将这段回忆一辈子记在心中。

心目中的“小天使”

作者:汪靓　　班级:护理学专业2015级本部6班
带教老师:裘妃　　职称:主管护师
所在医院:浙江大学医学院附属儿童医院　　所在科室:神经内科

光阴似箭,时光如梭,短短的一个月儿科实习即将结束,回想这期间的点点滴滴,似乎在尝试五味瓶里的味道一样。在这段短暂的实习时间里,我们收获很多很多,如果用简单的词汇来概括就显得言语的苍白无力,至少不能很准确和清晰地表达我们受益匪浅。在2018年12月,一个大雪纷飞的寒冬季节,我来到了浙江大学医学院附属儿童医院,那天早上独自来到行政楼报到,我仍记忆犹新,刚进入一个新环境,总有一种茫然的感觉。

匆匆忙忙地结束一上午的岗前培训,来到儿科病房(神经内科),眼前的景象是有人手里抱着娃,有人拿着衣叉提着盐水,走廊上布满了人,有点拥挤,充满小孩的哭声,这让我略带点紧张。由于我的带教老师在医院拍摄视频,很多时间不在科室,所以我第一次见到的是照片墙上的老师,她的微笑让我感觉很温暖,而她本人更加暖心,在接下来的几天里,我们很友好地相处,真心地感谢她!

在儿科实习的一个月里,按理说我只是个“打酱油”的,实际上也是如此。但在“打酱油”的路途中,我也有一些或小或大的收获和感触。一个星期,一个夜班下来休息两天,四天白班早起,这么棒的排班时间,让我着实高兴了一把。

但高兴归高兴，该认真的还是要认真。第一次进入病房，觉得很干净，病床突然小了一号，看到的都是些小朋友，他们即使生病，身体不舒服，依然是个小可爱。这里的小孩一般病都比较严重，例如小儿高热惊厥、病毒性脑病、癫痫抽搐等等，有些年龄小到只有 2 个月，他们一般都要做腰椎穿刺，每天挂盐水、打针，一个个都让家长很崩溃，看着让人很“揪心”。当看到这些孩子时，我会从心底里可怜他们。现在想想，人活着就是一种幸福，因为再也没有比生命的存在更具有意义的事情了。好好地活着吧！

我印象中“小天使”阿妃带教老师第一次见面就跟我讲解很多，儿科是个综合性很强的科室，涵盖了内科、外科的各种疾病情况。但儿童疾病的特点与成人不同：起病急，来势凶，变化快。因此，护理人员要根据其疾病的特点制定一系列相应的护理措施。由于儿童自身的特点以及年龄小，不会或不能准确描述病情，不懂得与医护人员配合，所以儿科护理工作内容多、难度大、要求高。除基础护理、疾病护理外，还有大量的生活护理和健康教育，病情观察应细微敏锐，发现变化及时通知医生，进行救治。了解了儿科护理工作的基本情况后，我开始投身于实习工作中。在阿妃老师孜孜不倦地教导下，我不断吸取和探索专业知识，也积累了一定的工作经验。也许这些心得体会只是浩瀚大海中的水珠一滴、无垠沙漠中的沙砾一粒，但对我来说却是难能可贵的财富，就好像在广阔的沙滩上，一阵浪打来，留下无数闪闪发光的贝壳，点点滴滴都值得我去珍藏和回忆。也许这些收获相对而言是微小的，但我相信，成功是积累在每一个小小的进步之上的。“冰冻三尺，非一日之寒”。

由于儿科的输液量都是根据小儿体重来算的，需要计算小孩每天的补液量。对于这个问题我与老师讨论了很久，在我不停地询问下，老师会在百忙之中抽出时间与我仔细交流，有时老师还会被我带着跑偏呢。

我的老师会在大雪的早上，开着车在公交站等我，接我一起上班；会给我准备好热腾腾的早饭，让我感到无比的温馨。与老师一起上夜班的时间过得很快，她会给我们点好夜宵，她会让我们中途去休息一会。她做的已经超出一个带教老师的范围，不仅在专业上悉心指导，用心带教，还在生活上给我关怀，给我支持，让我都不想实习那么快结束，想要有更多的时间与老师相处。

我的带教老师在很多方面都十分优秀，在工作上勤勤恳恳，不怕苦、不怕累，认真地完成自己的本职工作；除此之外，还担任院团委副书记，分管文体工作，让团员青年紧紧围绕在组织的周围，并发挥团员青年的能动性，用自己的正能量来感染其他职工；同时，还协助舞蹈俱乐部部长，负责舞蹈俱乐部的管理工作，曾多次外出表演，获得领导们的一致好评。有这样一个很优秀的老师，我希望自己也可以不懈地努力，慢慢地变优秀。在儿科，每天面对的是一个个脆弱的小生命，这更让我意识到医生不仅要医术高，更要懂得如何和患者沟通。我们能做的就是继续为患者服务，力争做到最好。每天接触很多患儿和他们亲人，我明白了人生最大的财富不是金钱而是生命和健康，而我们的职责正是捍卫健康的生命。

努力前行的身影

作者:姚琦莹	班级:护理学专业 2015 级本部 6 班
带教老师:何利华	职称:护士长
所在医院:杭州市第三人民医院	所在科室:儿科

在我的记忆中,何利华老师是非常值得尊敬的一位老师。她说:"从最美的年华一路走来,我无怨无悔,因为我的付出给了患者一个健康的明天。"

永远把患者放在第一位

从事护理工作以来,以患者为中心的服务理念始终主导着她,变被动服务为主动服务,这不仅符合患者和家属的要求,也符合社会发展的需要。为了体现以人为本的护理理念,何利华老师时刻把重视护理服务、加强护理安全作为工作目标之一。于是,当 25 岁的她被任命为儿科护士长后,她便积极推动"以患者为中心"的服务理念。她先后在儿科推行微笑服务、礼仪服务,强调"以人为本"的亲情服务、个性化服务。她认为服务模式的探索是永无止境的,因为患者不尽相同,病情千差万别,他们的需求也不断变化。患者需要的并不仅仅是技术,更多的是一种人文关怀。记得在刚上任的那几个月里,每天忙完工作,她便认真学习上级文件,领会精神实质,深入思考科室护理工作中存在的问题及对策。针对科室有些人安于现状、得过且过的思想，她多次组织大家讨论当前形势，让大家牢固树立“一切为了患者，全程优质”的服务理念。通过学习，大家统一了认识，转变了“患者围着医护转”的传统观念，增强了责任感、危机感，提高了工作的积极性。一次，收治一名先天性心脏病患儿，病情危重，但该患儿家长脾气暴躁，对医生、护士处置极其挑剔。住院后，医护人员都不敢给其诊治。但是，她每天坚持守候在患儿身旁，对其父母动之以情，晓之以理，做患儿家长的思想工作，并亲自给患儿打针、喂药，做各项生活护理。她耐心的护理，让患儿家长很受感动，几天后家长就服从治疗，并接受医生的建议实施手术。出院时，家长激动地说：“我们做父母的也做不到这一点呀。”

敬业就必须有过硬的本领

何利华老师常说：“作为一名护理人员，专业素养是最根本的要求。”她是这样说的，也是这样做的。儿科具有很强的专业性和针对性，尤其是小儿科的护理，细小而琐碎，加之孩子在家庭中的重要地位，因此在护理上需要更加细心，技术上需要更加精湛。为此，她虚心向老同志学习，不断地充实自己，努力学习理论知识，丰富头脑，参加护理本科学习，在工作中不断积累经验，做大量学习理论笔记，掌握新知识、新技术，迅速成为一名护理工作领域的佼佼者。在工作中勤勤恳恳，吃苦耐劳，当护士长后她每天都是第一个到，最后一个走，不看完每一个患者她都不放心。加班对于她来说是家常便饭，记得有一次加班，她忘了两岁的儿子还一个人在家里，直到晚上 7 点钟，一抬头突然发现两岁的儿子站在科室里，眼泪汪汪地说：“妈妈，你怎么还不回家？我饿了。”当时她抱着儿子，眼泪却不争气地流了下来，才两岁的儿子是怎么穿过几条马路来找妈妈的呀！由于丈夫也是一名临床医生，那一刻，她真觉得对儿子亏欠太多太多……也许有人会认为，护理工作不过是打针、发药、输氧、输液、铺床而已，是一种体力劳动。其实，要干好这份事业，更重要的是靠心灵去感受、去体验。

团队强才是真的强

所谓“兵强强一个，将强强一窝”。作为一个团队，仅护士长个人素质高是无法创造出良好效益的，只有带动和培养一支专业素质过硬、奋发有为的护士队伍，才能真正推动科室工作不断迈上新的台阶。记得 2008 年以前医院没有开设新生儿科，所有的普通小儿和新生儿没有严格的分区，十分不利于患儿的照护。在医院领导的支持下，她克服重重困难，开设了新生儿科，人员不足她顶上，做不下的护理她带头。就这样年纪轻轻的她就承担了儿科、新生儿科的双重管理任务。

科室收治的患儿病种多而且复杂，这就要求护士必须有良好的业务技术。她经常提醒大家要做一名好护士，不能简单地停留在打针、发药、执行医嘱上，更重要的是要有丰富的理论知识和实践能力。为培养理论强、技术硬的护理队伍，她根据本科疾病的特点，制订了切实可行的科室人员培训计划，遇到危重患者她亲自组织查房，针对患者病情，找出存在的问题，制订护理计划，发现问题及时整改，使护理水平有了明显提高。在业务上，她手把手将护理技能、技巧传授给年轻的护士，组织护士们参加上级单位举办的培训班，创造机会，分期分批选送年轻护士到大医院进行培训，不断提高护士的临床操作能力。在思想认识上，她引导新加入的年轻护士意识到自己从事的是与人的生命打交道的工作，虽然工作量大些，工作环境差些，却是非常有意义的职业。她经常教导护士们：自己工作多做一些、做好一些，患者的痛苦就会减轻一些。每次收治了危重患儿时，何利华老师都身先士卒，是所有护士的表率。碰到疑难问题总能不断想办法解决，科里早产儿多，长期的静脉营养给护理穿刺带来很大的挑战，她就带领大家学习并应用腋静脉和股静脉留置针输液等高难度穿刺技术。

一次，科里收治了一名误食老鼠药的患儿。患儿被送来的时候已经处于深度昏迷状态，不能配合，加上硅胶胃管易折，几次置管都不通。她积极动脑筋想办法，向胃镜室的医生请教，很快找到了解决的方法。利用胃镜的丝钳子做内芯，将胃管套在外面，再给患儿下胃管，很快胃管下到了胃里且不再打折，患儿及时进行了洗胃。通过这件事，大家受到很大触动，产生了对业务知识的渴求，在科里形成了比学习、比技术、比服务的良好氛围。在院里多次考核和护理竞赛中，同科室的护士都取得了较好成绩，受到院里的嘉奖。

竞技场上美丽的身影

她永远不满足现状，她只想不断追求，不断超越自己，成绩永远属于过去，未来任重道远。在前行的路上，何利华老师永远是一个探索者，一个对护理工作无比热爱、对护理事业无比执着的追求者。她知道自己所做的还远远不够，只有继续努力，不断进取，才能把护理工作做得更好。正如她自己所说："我是一个普通的人，我要感谢我的职业，是它让我知道如何平等、善良、真诚地对待每一个生命，是它让我理解了活着就是一种美丽，是它让我懂得了如何珍爱生命，明白了平凡就是幸福。奉献让我更加美丽，奉献与追求是我工作中永恒的主题。"

新起点的引路人

作者：张梨　　班级：护理学专业 2015 级滨江 4 班
带教老师：律秀红　　职称：主管护师
所在医院：绍兴市人民医院　　所在科室：儿外科

为期 10 个月的实习即将结束，作为一名实习生，我怀着十分感激和留恋的心绪，衷心地向护理部主任和总带教莫老师、各科护士长、带教老师以及所有护士老师道声："谢谢培养，老师珍重。"

2018 年 7 月 9 日，我永远铭记那一天，就是从那一天起我在绍兴市人民医院开始了我一生光荣而又期待已久的护理生涯；也是从那一天起，人民医院有了我们的身影。因为我们的到来，科里忙起来了，护理部多了一项任务和责任。总带教为我们安排实习轮转表、实习任务、定期讲座、定期考核，还督促监督各科带教老师给我们定期讲课，手把手教，责任到人，使我们的实习得到了政策保障。

各科护士长和带教老师，言传身教，以身作则，将标准规范的操作、扎实实用的临床知识教授给我们。耳濡目染，我们逐步有了三级甲等医院的工作经历。难能可贵，来之不易。

伯克曾说"时间是伟大的导师"。而我有一个这样的老师。她说理论是实践的基础，所以每天跟着她除了工作就是学习，因为学习很重要。

首先，学习理论知识很重要。

踏入科室的第一个月，我把《护理学基础》从头到尾复习了一遍。功夫不负有心人，每天早上的学习是有效果的。当我再次到临床实践的时候觉得更加得心应手，面对患者的质疑更加游刃有余。护士不单单是医嘱的执行者，而是要对患者病情进行整体评估，制定护理措施，实施护理计划，最后进行评估和健康教育。对患者采取整体护理，可有效改善患者的心理状态，提升患者的心理素质，有效提高疾病治愈率。寻因是问题的根源，知其然，知其所以然。

其次，沟通就是我的好帮手。

一开始我不明白为什么老师每天早上交班和家属聊这么久，直到遇到了一个患儿，患儿开始只是觉得肚子疼，有点发烧，吃了退烧药疼痛能缓解一会。面对这个患儿我单纯地以为他就是感冒发烧引起的疼痛，谁知老师出其不意地问患儿几天没解大便了，患儿自诉四五天没解大便。老师告知值班医生，遵医嘱马上拿来一支开塞露让患儿用上。这时我以为就可以没事了，但我的老师在患儿身旁似乎在等待什么。结果出人意料，患儿解出的大便里有三四只白色的虫子。原来这个患儿是肚子里的蛔虫引起的肚子疼。有因必有果，临床上导致的结果，往往会被很多因素掩盖。错过一个细节就可能耽误患者的病情。细致谨慎是我们的使命。从老师那儿我学习到对待每一名患者都要做到一问二看三观察，主动发现患者的异常，一个小细节都不放过，所以沟通很重要啊。

理解沟通是桥梁，很多时候我们须从家长的心理角度去思考。每次收治患者都是最闹心的时候。第一次住院患者的家长们总是有很多焦虑，为什么给我的孩子抽这么多血，为什么我的孩子要扎这么多针，为什么住了这么久还不能出院。当十万个为什么朝我们砸来，我们的脑子就像一个膨胀的气球随时都可能爆炸。但我观察到老师依然耐心满满的，每个操作都跟家长解释，取得他们的理解，紧接着一系列熟练的操作一气呵成。我相信再通畅的路也有堵车的时候，当一个环节卡住了后面的患者也就耽误了。

有一次一个家长就是不理解："明明孩子头上有一个针，为什么又要扎一针？你们是不是都是为了钱?”我当时很生气，我们又不是没事找事，这么多患者没处理，给他扎针玩呀。老师等家长说完他的问题，耐心地给他解释道:“家长，是这样的，孩子这个针留了三天了，而且又输过液，所以这个血管是不适合抽血的，否则可能会影响检验结果。”所有事换一个角度想就会有不同的结果，当我们从患者的角度出发，为他的利益着想，很多问题都不是问题。

生活中大家提起护士这个职业，想到最多的就是“白衣天使，奔走的身影，昼夜不分”。到了临床才知道，原来护士的确是这样的。

其实不仅仅沟通很重要，仔细观察以及对病情的判断同样重要。

记得一次夜班，来了一个家长抱着一个婴儿说要住院。老师向她要住院证，谁知这个家长好像怕我们说话声太大吵着孩子睡觉了，不但不理会我们的问题，反而让我们安静。老师凭借着她的工作经验，立马去看孩子的情况，然后马上大声呼叫，准备好急救用品。最后患儿被送进了ICU。我也蒙了，好好的孩子怎么一下就要抢救了呢？原来患儿不是单纯地睡着了，而是发生了呼衰。最后询问家属才知道患儿已经好久没有哭闹了，因不会观察孩子的面色、呼吸等生命体征，所以才发生这样的悲剧。

提高自己就是帮助别人。护理这份职业很特殊，仅凭一颗爱心远远不够。老师不管上班的时间有多忙，也要抽出时间看患者的病历，遇到没见过的马上拉着我一起学习。下班后也经常看见她在休息室里查资料。她经常说，不懂的相关疾病知识太多，但多不可怕，可怕的是你自己的学习态度、做好事的态度，再忙也要去看书，多跟着医生查房，多查文献，多去看患者。

其实很多疾病已经打压了患者的信心，我们医务人员有责任和义务给他们勇气和力量。从自身做起，严于律己，对自己负责就是对他人负责。

学无止境，所有的付出都不是因为敬业，而是因为热爱；所有的包容都不是因为大度，而是因为责任；所有的谨慎都不是因为担心，而是因为担当。因为我是白衣天使，我所面对的是可贵的生命，我要严格执行“三查十对”，严格按照护理流程操作。

由衷感谢我有一个这样的老师，是她让我重新认识了护士原来也可以那么美，可以救死扶伤；是她让我知道时间的可贵：每天哪怕花几十分钟的时间，也可以学习到很多知识；是她让我知道牢牢记住正常的生命体征对判断病情的重要性；是她让我知道学习不是谁笨谁聪明，关键看态度是否端正、积极主动；是她让我养成每天不看书心里就有罪恶感的习惯。

今天是 2019 年 4 月 26 日，我们已实习将近 10 个月，我们就要离开，要奔赴各个战线了。我们将永远不会忘记，我们人生的重要一站是绍兴市人民医院，在这里我们扎上了人生针、踏上了人生路。

坚强的金凤凰

作者:周佳威	班级:护理学专业 2015 级滨江 6 班
带教老师:张玲萍	职称:主管护师
所在医院:宁波市第一医院	所在科室:急诊病房
带教老师:王珍珍	职称:主管护师
所在医院:宁波市中医院	所在科室:骨科二室

岁月如梭、如歌。本以为漫长的实习生活转瞬即逝,还记得当时初入社会的我带着憧憬,揣着梦想,携着赤诚进入了医院。准备好了去面对每天接踵而至的挑战。是我遇到的带教老师,在我遇到困难的时候帮助我,在我自我怀疑的时候鼓励我,在我小有起色的时候陪我分享喜悦。谨以此篇,献给我遇到的每一位带教老师,献给每一位您。

也许人们已经听厌了用“春蚕到死丝方尽,蜡炬成灰泪始干”“落红不是无情物,化作春泥更护花”等诗句来写自己敬爱的老师,但每一位带教老师不都在辛勤地教我们各种操作规范、职业技巧吗? 他们是没有功利性的,心甘情愿化为春泥来呵护我们,坚持培养我们新一代护理人员。唐代著名文学家韩愈说过:师者,所以传道受业解惑也。我认为,这是我遇到的每一位带教老师都具备的,他们在专业上都给了我很大的帮助,但有几位老师是我一直铭记在心的。所谓经师易遇,人师难求。

您,仁心仁术,白衣天使。宁波市第一医院急诊病房张玲萍老师是一名认真负责的老师，第一次见到她顿时消除了我内心的忧虑，她是那么和蔼。所谓医者仁心，由此而心生。众所周知，急诊科是医院最重要也是最忙的科室之一，还记得我刚到急诊科时的情景，诚惶诚恐，不知道该做些什么。上个科室我在ICU，那里环境安静，都是危重患者，患者数量不多而且没有家属，和急诊科完全是两个极端，所以出科到这里时我很难适应这里又忙又嘈杂的环境。

记得有一天，外面下着雨，天空阴沉沉的，刮着令人绝望的风。我换完一个又一个吊瓶，打完无数支针，测着似乎没有尽头的血压、血糖，看着诊室外密密麻麻的人，每个人都皱着眉头，焦急地等候、奔波，门诊医生都没时间抬头，住院医生写着永远也写不完的病历和各种记录。我从病房出来瘫坐在护理台椅子上，这并不可怕，可怕的是某些患者不信任的眼神，某些家属一言不合即恶语相向，更可怕的是有些医生护士竟然遭到无端殴打。顿时感觉自己为梦想的气球打气多年，可放飞几个月不到却被现实而又无情的针猛地戳破。那些理想，那些悬壶济世、救死扶伤的梦在没有外壳的保护下，弱不禁风，肆意逃窜。眼泪不知不觉地流下，泪水仿佛祭奠着我的无知却又好像在滋养着我坚持梦想的信念。这时张玲萍老师忙完回来，看到了我的忧虑，急忙问我原因，我及时搪塞，想掩饰自己的不堪。张玲萍老师把我叫到了房间，给我倒了杯水，语重心长地问我真实原因。我慢慢道出了我的想法，她若有所思地想了想，原本紧皱的眉头舒展开来，露出了往日慈爱的笑容，说道："妹妹啊，老师很理解你的想法，我之前也有过类似的困惑。可当我看到往日的患者一个一个地好起来，护理过的患者不再憔悴，生龙活虎地、健康地来向你道谢的时候，我坚定了自己的想法。悬壶济世，不需要你多么伟大，只需一件件地把自己应该做的做好，把患者当家人，彼此多一分理解，这样你曾经坚持过、守护过的事情总有一天会成为你的骄傲。"老师说完良久，我仍在回味，现在遇到的这些问题仅仅是一道道小的阻碍，要坚持自己的初心就必定要克服，没有什么珍贵的东西是能轻而易举获得的。

经历过这次，我更加热爱自己的工作了，也把张玲萍老师当成自己的标杆、自己奋斗的方向，因为张玲萍老师让我更直观地理解了仁心仁术的含义，人师难求。

您，良师益友，无微不至。来到宁波市中医院，进入中医骨科二室，遇到了王珍珍老师，我倍感荣幸。第一次见到王珍珍老师是在办公室，她笑脸相迎地向我走来，说："妹妹，你跟我。"我抬起头，便记住了她那如沐春风般的微笑以及细腻的皮肤上挂着一副银边眼镜。

由于是中医科室，患者的病情不会很急，往往需要慢慢调养。所以老师会给他讲如何在生活中注意调理，食疗需要注意什么，等等。在遇到患者家属有问题时，王珍珍老师会耐心地分析和解释，帮助患者解决。难能可贵的是她不会因为一些小利益而让患者留在医院，而是结合患者病情推荐他去最适合的医院找最合适的医生看，在开药方面也会开同疗效性价比最高的药，让患者最大限度地减轻负担。可谓是细节见人品、见医德。

记得有一次我胃很不舒服，为了不影响工作进度和耽误患者治疗，坚持去了医院上班。王老师见我不舒服坚持自己身体是第一位的原则让我多休息，反倒自己忙前忙后，下班后得知我骑自行车来的情况后，不怕绕路，坚持送我回家。第二天给我带饭盒并煮了粥给我吃。当时虽然我的胃很痛，但心暖暖的。

你们，玉洁冰清，救死扶伤。后来，我又经历了几个科室，遇见了几位老师，无不身为世范、为人师表，均在工作和生活中给了我许多帮助。

"不论平地与山尖，无限风光尽被占。采得百花成蜜后，为谁辛苦为谁甜？"我想，这首诗更加贴切我的带教老师们，学贵得师，亦贵得友，我想我得到了最珍贵的。

所谓"梧桐招来金凤凰"，一所好的医院就是一棵梧桐，让我遇到了这么多的好老师，同时也希望我能早日成为金凤凰，可以向各位老师学习本领。实习虽然结束，但实习的精神及各位带教老师的告诫我谨记心头，并要在真正工作期间认真努力，不枉各位老师对我的期待。感谢每一位您。

男护士撑起一片天

作者：陈鼎	班级：护理学专业 2015 级本部 1 班
带教老师：陈国清	职称：主管护师
所在医院：宁波市康宁医院	所在科室：精神科

陈国清老师是我在毕业实习即将结束时候遇到的带教老师，一名男护士。在 10 个月的毕业实习中，我去了很多科室，遇到了很多的带教老师，但临床上除了手术室和 ICU，我并没有遇到过男老师。康宁医院的精神科是我实习的最后一个站点，在二病区，我见到了很多的男护士，也明白了在护理事业上，男护士也能撑起一片天。

当人们提起护士，想到的往往都是燕尾帽、提灯女神、白衣天使等女性形象，但如今社会对男护士的需求逐渐增大，男护士数量逐渐增加，一线医院里开始出现越来越多的男性身影。作为一名男护士，我在许多科室实习的时候，比如妇科或是儿科，往往会受到患者的质疑和不信任，在做一些护理操作的时候也会遭到患者的拒绝，他们要求女护士来执行操作。这时候我总会感到一些委屈，但也能理解患者的心情。在临床上，精神科并非每个综合性医院必有科室，我来康宁医院实习之前接触的精神科也比较少。我一直以为，大多数不在病房工作的男护士只会在手术室、急诊、ICU 三个较为专业、较为特殊的科室度过他们的职业生涯，但是去了康宁医院实习以后，我发现男护士还有一个工作科室，那就是精神科。

二病区一共就十来个护士，其中有 8 个是男护士。每天早上交班的时候，护士医生各站两边一字排开，说实话我从来没有一次性见到过这么多男护士同时在一个科室出现。由于精神科的特殊性，康宁医院的夜班必须有一个男护士和一个女护士一起上班，生怕发生患者冲动伤人事件。精神科的患者往往以不同类型的精神分裂症居多，患者的年龄参差不齐，但是普遍都比较年轻。陈国清老师告诉我，科室里每一个护士，不管男女，包括护士长，都被患者打过。在精神科病房里，即便是男护士，也没有特别大的优势，躁狂的患者有时候甚至连两个保安都按不住。陈国清老师说的这些话，让我对精神科的实习感到有些害怕。本身对精神科患者就会不自觉地戴着有色眼镜去看待，再加上精神病患者潜在的暴力倾向，我对于精神科的实习感到十分排斥。除此之外，康宁医院的精神科与以前去过的杭州市第七人民医院有个很大的不同，虽然都有一个二级患者活动的大厅，但是康宁医院二病区的活动大厅由于空气不流通，总是弥漫着一股刺鼻又强烈的臭味，让人很不舒服。

在二病区实习的两个星期，我主要跟着陈国清老师上班，主要的工作就是对精神病患者进行管理。精神科的护理操作和治疗相对较少，更多的是护理管理。相比较二病区其他的男护士而言，陈国清老师年资最高，看起来偏瘦，给人一种伶俐干练的感觉，举手投足间给人的感觉就是资深老护士。陈国清老师大多负责重观室的一级患者。每天早上我到科室以后，跟着陈国清老师和其他老师大交班，然后去重观室进行一级病人的床旁交班。重观室的患者往往病情比较严重，为了防冲动、防消极，大多数患者都采用保护措施，还有家属或者陪护看守。但是被保护的患者有时候依旧会踢人，力气很大。有几次我看见做晨间护理时，陈国清老师检查被保护患者的时候，被躁动患者踢到手腕或是小腿，看起来就很疼的样子，但是陈国清老师依旧继续手上的交班工作，并没有表示什么。有些精神分裂症患者衣着不整，一直自言自语，在重观室来回走动，陈国清老师总是会看住他们，纠正他们的行为。每周洗澡刮胡子，每日发药量血压，各项日常操作陈国清老师都会认真仔细执行。工作之余，陈国清老师还要照顾我们实习生，缓解我们心理的紧张害怕，给我们讲解精神科的相关知识，尽量让我们参观见识各种精神科特有的操作，从而圆满完成精神科的实习要求。除了给我讲解精神科相关的专业知识，陈国清老师还给我讲解了作为一名男护士，职业生涯规划方面的情况。可能是男护士与男护士之间更容易引起共同话题吧，陈国清老师以切身经历告诉了我，他作为一名拥有 10 多年临床工作经验的精神科主管男护士，大致的职业道路是怎样的。我想，这应该是一位从业多年的资深男护士，给予我这个初出茅庐的新手男护士的一份小小的关心吧，我感觉很受用。现在我即将结束长达 42 周的毕业实习，走向临床岗位，成为一名独立上岗的男护士。等考出护士职业资格证，摆脱了实习护生这个身份，我就需要以正式护士身份收治患者，这对于我而言也是一种全新的考验。

回顾过去的四年，大学就读护理专业，毕业以后选择护理岗位，这都是我发自内心的选择。或许一开始我对这个专业有所排斥，心中有所不满，刚下临床的时候，面对患者以及家属的质疑和不信任心中充满了委屈。但是我相信，随着社会需求的不断发展，以及医疗卫生系统的不断完善，以后的护理临床工作中会出现越来越多的男护士。等到那个时候，男护士不再那么稀有珍贵，不再被当成国宝一样，只安排在急诊、手术室、ICU、精神科这些特殊的科室岗位待命，而是像大多数女护士一样，一起奋斗于临床一线，我相信，终有一天，男护士也能撑起自己的一片天！

白衣芳华

作者:毛茹　　班级:护理学专业 2015 级本部 1 班
带教老师:关淑静　　职称:主管护师
所在医院:宁海县妇幼保健院　　所在科室:分娩室

2018 年 7 月 9 日,伴随着盛夏的蝉鸣,我们开始了为期 10 个月的临床实习,也开始了与临床上那群"最可爱的人"的亲密接触。

10 个月的实习生涯,我遇见了很多带教老师,他们对工作认真负责,严肃又不失幽默,在他们的带领下,我的实习生活也在欢乐中一天天度过,其中最让我印象深刻的是我在宁海县妇幼保健院产房遇到的关淑静老师。

作为一位三十出头的助产士,她既有年轻的心态,也有娴熟的技术。要说在这里遇到什么惊天动地的大事,那倒真没有,每天都是平平淡淡的一天,但正是这每日的平淡,才显得耐心、负责的工作态度难能可贵。跟着老师的那些日子里,我学会了查宫口、接产、新生儿复苏等知识和技能。每次分娩前,老师都会用温柔的话语鼓励产妇,喂她们吃东西,给她们倒水;在分娩的过程中,老师用自己的专业知识指导产妇正确使用腹压;分娩结束后,老师耐心为产妇讲解和交代产后需要注意的方面。每接待一位产妇,老师都会将这些过程认认真真地做一遍,从不省略,从不懈怠。老师的一言一行,对我来说,都是无声的教育,老师对本职工作的热爱,也是远远出于我的想象。有一次上班,老师家里打来电话说她 2 岁的女儿发烧 39 摄氏度,通过老师挂掉电话时的神情,我可以明显地看出担心和焦急。但是很快，老师就又投入工作中，一直到下班，老师才赶紧回家。后来问老师，为什么女儿高烧不请假回家？老师说："女儿需要照顾，但是工作也不能落下，医院每天的排班都是固定的，一旦自己走开，就必须有人来顶替自己的工作。这对同事来说，就是双倍工作，不但会增加别人的工作量，也容易造成工作失误。女儿虽然高烧，但是在家也是有人照顾的，所以自己就等工作完成以后再回家。"听完老师的话，敬佩之意油然而生，同时我也感受到了医护人员的不容易，但是当看到产妇平安出产房的笑脸时，我又感觉所有的不容易都值得。

作为一名带教老师，不仅要有极强的责任心，也要有过硬的知识和技能以及丰富的临床经验。一名产妇产程时间过长，老师就让我提前准备好新生儿复苏的用物，呼叫儿科医生做好准备。胎儿出生后缺氧发绀，老师就开始为宝宝吸痰、吸氧、正压通气，动作熟练而流畅。终于，经过医生和老师的密切配合急救，宝宝面色开始转为红润，哭声响亮，所有人都松了一口气。所有的事情都处理完之后，老师脱下了一次性手术衣，我看到她身上的衣服都被汗水浸透了。因接产时耗费了大量的体力和新生儿急救时精神状态高度紧张，老师满身疲惫，但她脸上是开心的神情。那刻的产房里，有新妈妈开心的笑容，有宝宝响亮的哭声，还有像天使一样的助产士老师。我感觉那个时刻，是我在实习生涯中见过的最美的场景。

作为一名实习生，我刚从学校踏入医院，在医院与患者接触时，会遇到各种各样的问题和困惑，包括医学、心理、社会，甚至语言问题。每次遇到问题，老师都给予我耐心的指导，有操作失误时，老师也会及时、适时地指出，督促我改进，因此，在知识和技能方面，我都取得了很大的进步。每天，面对着老师的认真工作，我再无理由抱怨护理工作的苦和累，因为热爱，我选择了护理这份工作。老师告诉我，既然选择了，就要不忘初心地把自己的选择坚持下去。护理工作虽然不轻松，但是看到患者健康出院，所有的劳累都会烟消云散，这份职业的价值感和荣誉感，是从事其他职业的人所无法感受到的。

助产士是一个迎接新生命诞生的职业，可以说，这份职业，是在苦中呵护着生命的降生，在累中把握着生命的轮回。我们作为与生命同行的人，必须有更大的责任心，老师做到了。以后，我也必将以老师为榜样，用自己的真心、爱心、责任心呵护着每一个生命。

产房是一个神奇的地方，它使我经历了生命轮回的见证，感受到了人间真情的温暖，这就是这份工作虽然苦，却依旧有像老师一样的人默默坚守的理由。临床带教老师，虽不能在三尺讲台上一展风流，但在临床的工作中言传身教。老师带教的时间不长，我是她第一个带教的学生，但老师总是尽心尽力做到最好，从书本到临床，从理论到实践，老师传授给我的，不仅是知识和技术，也是人生的经验和总结。老师用自己的爱心，抚慰产妇的烦躁、焦虑和无助，用自己的认真负责，教会我如何对这份职业保持最大的尊重。

当初，在我要选择护理这个专业的时候，身边有很多人反对。他们说，学什么不比学护理强，这活又脏又累还没地位……虽然这种话我听了很多，但丝毫没有影响到我坚持下去的决心。我喜欢护理这个职业，敬畏"白衣天使"这个称号，我想要用自己的爱心、耐心、责任心帮助每一名在病痛中挣扎的患者，帮助他们重获生的希望。而今，通过实习，感受到老师们的言传身教，我对这份职业的信仰更加坚定。

我宣誓，谨奉社会主义、人道主义精神，坚守救死扶伤的信念，履行保存生命、促进健康、减轻病痛的职责……我宣誓，永志不忘今日的决心和誓言，接过前辈手中的蜡烛，燃烧自己，照亮别人，把毕生精力献给护理事业……"5·12"晚会上，当戴上洁白神圣的燕尾帽，在耀耀烛辉之下庄重地宣誓时，我的内心是无比震撼和感动的，誓言谆谆，我必信守于心。

实习生这个身份之于我们，是庇护，护住了我们所有的粗心焦躁不懂事；实习结束之后，不再会有人拿我们当学生、当孩子看待，以后只能用细心、踏实、责任感为自己撑起一把伞，认真学习，认真工作，不负老师的嘱托和期望。

实习接近尾声，但老师教给我的，我将永生难忘。

最美的那一朵

作者:次松　　班级:护理学专业2015级本部4班
带教老师:次仁美朵　　职称:护师
所在医院:西藏自治区人民医院　　所在科室:心血管(内一科)

我心中最好的带教老师、最美的护士,不是护士长,也不是优秀的护理高管,而是一名普通的护士,一位在临床科室干了快10年的护士。她没有什么特别伟大的事迹,也没有得过什么特别的奖项,但在我心中她确实是最好最美的带教老师。她就是我第一和最后科室的老师。

刚开始临床实习的那几天对我来说是最苦、最难过的日子,我不敢去扎针。因为怕没扎好患者骂我,所以在实习的第一周我没扎过一次针。有一天,老师突然问我为什么不扎针,我告诉了她原因,她告诉我不用怕,每个人都有第一次,只要踏出这一步就会没事的,然后她带着我去给患者扎针,虽然扎针的时候手有点抖,但却没有当初那么害怕了。也是从那天起我不再害怕给患者扎针了,是次仁美朵老师让我踏出了那一步,对有些人来说这或许没什么,但对于我来说却给我后面的实习生活带来了很大的帮助。

实习的最后一个月是要回到第一个科室实习的,我很庆幸我的老师还是她。这一个月都是上中夜班。中夜班这个时间段,患者病情恶化最严重,尤其是在心血管科。有一天,深夜一两点钟时一名心梗的患者突发心脏骤停,要进行抢救,因为第一次遇到这样的情况,我真的很害怕,也很慌,在老师和医生配合抢救快一个小时后患者抢救成功了。我还记得当时医生说抢救成功后，老师就哭了，我说不清楚当时的那种心情，老师跟我说那是她第一次抢救患者，可在患者突然发病的情况下，她却没有一丝慌乱。从老师的身上，我学到了很多东西，也看明白了很多，我也对护士这一行业有了新的认识，有了新的了解。当成功抢救患者，挽回生命时，我的心感到安慰，我的心感到高兴，我庆幸自己是一名护士，也庆幸自己当初的选择；当忙碌中听到患者的一句称赞时，我的心里感到无比幸福；当患者出院时，用医生的话说，除了有我们的医疗，更离不开的是勤劳的护士。我相信跟我一样会有很多很多的人，他们愿意留在这一行，成为一名名副其实的白衣天使。

护士是一个特殊的职业，肩负着伟大而神圣的使命，穿梭在那没有硝烟的战场上，用自己掌握的精湛技术消除患者的痛苦，用人间博大的情爱去温暖每个患者的心灵。人们都说护士是“白衣天使”，但只有同行的人才清楚这天使背后的苦与累。头戴燕尾帽，身穿白战衣，交班、接班、白天、黑夜、打针、发药、输液，每天重复着相同的事情，在苦中感受这呵护生命的快乐，在累中把着生命轮回的舵。光阴荏苒，斗转星移，回首护理岗位上度过的日日夜夜，繁忙紧张中，我们感受着人生百味，重复劳作中孕育着我们的事业心和责任感。“接一个患者、尽一份责任、献一份爱心、交一个朋友”，这是我们医护人员的共同心愿；“遵纪守法、爱岗敬业、尽职尽责；钻研技术、精益求精、团结协作”，坚决维护医院的声誉，作为医护人员我们责无旁贷。

护士的工作是平凡的，但它同时也是神圣的，因为它是健康的使者，是生的希望。“三分医疗，七分治疗”——作为医护人员，我们的奉献是何等重要；作为一名白衣天使，面对患者渴求的目光，我们义无反顾；面对工作的一贯平凡，我们从容不迫；面对肩负神圣职责，我们兢兢业业；面对时代的召唤，我们一往无前。南丁格尔说：护士是没有翅膀的天使，是真、善、美的化身，她们用双手呵护生命之火，用汗水浇灌生命之花，也许我们看不清，眼前被口罩遮住的那张脸，但能感受到那颗热忱关爱患者的心。

我亲爱的老师：感谢您，您不仅是我知识的传播者，更是我心灵世界的开拓者、情感意志的塑造者；感谢您，在繁忙之余授业、带教，将书上的知识讲解得深入浅出，带我深入临床，教会我更加丰富的理论知识和扎实的临床技能；感谢您，言传身教，教会我如何行医，让我认识到作为一名护士所需要承担的责任；感谢您，为我开启了对医学的认知，指引我前进的方向，您是我人生道路上的导师。我们作为白衣天使的隐形翅膀，工作在幕后，没有鲜花，没有掌声，但是我们要为这个职业喝彩。

有一种关怀是无私的，有一种奉献是平凡的；在繁花盛开的春天，有人赞美花的美丽、枝叶的挺拔，谁又会想到，那一片片默默无闻的绿叶呢？如果把医院比作生命之树，那护士就是那枝头上最美的那一朵。我为自己能够成为一名医护人员而感到骄傲，也无悔自己当初的选择。

一种信仰成就一份职业！

一种使命承担一种责任！

榜样的力量

作者：夏欢欢　　班级：护理学专业 2015 级本部 4 班
带教老师：陆媛　　职称：主管护师
所在医院：浙江大学医学院附属第二医院　　所在科室：综合 ICU

不知不觉，10 个月的实习生活过去了，我也即将正式进入临床工作，实习开始之前，总觉得自己的实习生活会又累又长，实习下来才发现，时间可以过得很快，我也可以过得很充实。在 10 个月的实习中，我遇到了许多优秀的临床带教老师，她们耐心又细致，更会放手让我做，让我学到了很多。其中，让我印象很深的是心内科的陆媛老师，她不算是我的带教老师，但每一位在岗护士都是我的老师、我要学习的对象。

跟着陆媛老师上班的日子其实很短，但从她平时的言行中，可以看出她是一个热心、细心且很受患者欢迎的老师，与患者交流时耐心亲切，对患者提出的问题会给以专业的解答，及时向医生反映患者的情况。跟着陆媛老师，我学到了很多。穿上这身工作服的老师，对我来说，是个优秀的带教老师，对同事来说是个优秀的伙伴，对患者来说是优秀的护理人员；但不曾见过，脱下这身工作服的老师，是一个怎样的人，我想，也一定很优秀。

在一个平凡的上午，发生了一件不平凡的事。在晨会时，护士长说，护理部收到了一封来自远方的感谢信，感谢的对象就是陆媛老师。原来陆媛老师出去旅游时在动车上帮助了一名被热水烫伤的旅客。护士的休息机会不多，那一次，陆媛老师终于有机会，带着自己的女儿出一次远门，去旅游。在动车上，突然听到广播说有一名乘客在使用热水瓶时不慎被烫伤，询问动车上有没有医护人员可以紧急处理。陆媛老师听到广播后，立马赶去，这种情况，已经不是第一次，老师的女儿很熟悉这样的场景，不知是自己运气好还是运气差，总是遇到这种情况。老师很快赶到了事发的车厢，首先评估了伤者的情况，发现伤者是小腿及脚面的烫伤，陆媛老师立即要了凉水局部降温，再小心地解除创面的衣物，发现伤口处目前未出现水疱，利用动车上的备用药物，进行创伤皮肤的涂抹，安慰伤者，缓解伤者紧张的心理。告知患者如果出现小水疱，不要立即挑破，等下动车后去医院进行进一步的处理。陆媛老师应用自己的专业知识，很好地缓解了患者的紧张情绪，也对烫伤进行了初步的处理，控制了烫伤的恶化。处理完成后，陆媛老师一直陪伴着伤者，随时注意着病情的变化，与伤者友好地交谈，转移伤者的注意力，减轻了伤口的疼痛感。下动车后，陆媛老师便将这件事抛在了脑后，没想到会在一个月后收到这封来自远方的感谢信。这一时也让老师感慨良多，这是对自己帮助别人的一种肯定。这也让我看到了护理这个行业，不仅是一种谋生的职业，更是实现自己人生价值的一种途径，可以用自己的专业知识，尽自己的绵薄之力，帮助他人。

好的老师，能在工作上和生活上让人受益良多。陆媛老师就是这样一位好老师。

在平时的工作中，老师和我们这些实习生建立了良好的沟通关系，会主动解答我们的疑问，并指出我们平时工作中存在的问题。由于我们基本上刚从校园走出来，因此不免会按学校教授的方法去操作，但随着临床技术的进步及不断更新，有些方法已不适用，老师会耐心地指导我们新方法。在平时的生活中，严格要求我们，做到“三查七对”，注意无菌原则，防止出现护理差错。指导我们作为医护人员，任何操作都要拿执行单去核对，不能光凭脑中所想的患者名字，而是要拿着执行单，核对患者的床号、姓名，虽然因为 PDA 的普及，扫码的差错率很小，但口头的询问还是必不可少的，这样不容易出错。老师在实习期间对我们的教导，也让我们充分了解到医护人员这个岗位和其他职业不同，是非常需要细心、耐心、责任心的。

工作之余陆媛老师会主动关心同学们的生活，像关系融洽的朋友。现在我们正面临着应聘，这个时候，一个有经验的老师对我们有极大的帮助。老师会把自己所了解的各个医院的事情讲给我们听，也会告诉我们笔试、面试的要点，把自己曾经的经验传授给我们，让我们对即将面临的考验更有底气一点。

10个月的实习，也让我对护理这个行业的认识更加深入。护理与医疗是一个搭档的关系。没有谁高谁低，缺一不可。护士是临床护理工作的主体，要提供最佳的护理服务，就必须加强自身修养，有一个良好的精神面貌和健康的心理素质。例如：拥有积极向上、乐观自信的生活态度；情绪稳定，遇挫折不灰心，有成绩不骄傲；临危不惧，在困难和复杂的环境中能沉着应对；有宽阔的胸怀，在工作中能虚心学习同事的新方法和新技术，能听取不同意见，取众之长，补己之短，工作中能互相交流经验。而在专业技术方面需要有扎实的专业理论知识，掌握各种常见病的症状、体征和护理要点，能及时准确地制订护理计划。

在10个月的实习当中，我学会了以良好的品德去对待每一名患者，护士是白衣天使，救死扶伤是我们的工作职责，因此我们应具有良好的职业道德。我们与患者是两个地位平等的个体，只是社会分工不同，对患者应像对待朋友亲人一样，站在对方的角度，为其创造整洁、舒适、安全、有序的诊疗环境，及时热情地接待患者，用同情和体恤的心去倾听他们的诉说，并尽量满足其提出的合理要求，施与人性化的医疗服务。虽然目前的医患关系还很紧张，但我们作为护理人员所能做的，就是不主动制造矛盾，并用专业的技术、良好的心态去面对患者，解决问题，相信护理的明天会更好。

一缕阳光

作者:章吉婷	班级:护理学专业 2015 级滨江 5 班
带教老师:徐小丹	职称:主管护师
所在医院:宁波市第二医院	科室:ICU
带教老师:沈敏敏	职称:主管护师
所在医院:宁波市妇女儿童医院	科室:新生儿科

晨曦微吐,一缕阳光打破了夜的寂静,从地平线的裂缝中垂直透入,照亮了眼前的风景,也照亮了我们前行的路,更照亮了我们心里的方向。光,点亮了我们,也指引了我们前进的方向。当然,指引我们前进方向的,不仅仅只有光,也还有那些数不尽的先行者以及前辈。他们一生的刻苦钻研,推动了社会的进步,为我们的事业保驾护航,为我们的人生拓宽了道路。在我们的人生中,这样的引路人很多:父母是我们小时候的引路人,老师是我们青春期的引路人,工作上的导师、学术界的领头人便是我们事业的引路人。

在临床实习的 8 个月中,各科室的带教老师用心地带领和教导我们,引导我们将所学的理论用于临床实践,教会我们如何更好地与患者交流,以及在说话过程中该注意些什么,教会了我们接盐水和打针的技巧,教会了我们如何登记患者的信息和疾病观察的重点,等等。在临床实习中,我收获颇丰,更深刻地见到了各种常见疾病的转归与恶化,以及对此该如何进行护理和观察。在急诊科的那段时间里,我也深切地体会到生命的脆弱,稍不经意,生命便会转瞬即逝，独留下亲人在侧，悲痛难耐。

在我实习生涯中，有两位老师让我印象尤深。第一位是ICU的徐小丹老师，先简单形容一下我的老师吧。我对她最深的印象，便是她的心态——乐观、积极向上。感觉她就是无忧的天使。对我来说，她是在护士这个领域里独一无二的存在。她个子不高，圆圆的小脸，一展颜便露出可爱的孩子气。她可以算得上一位灵活的小胖子(哈哈哈，开老师一个玩笑)。她对待工作，兢兢业业，严谨负责。即使各种突发事情齐发，也能在她的手里被安排得井井有条。记得一天夜晚，ICU收入了三个患者，其中有一个还是烧伤患者，生命体征也不平稳，对他的护理要求将会更高，各项生命体征的评估也会更勤。对于这样的患者，老师就要更加警醒地先关注他。那天的夜班，给为数不多的护理人员，增添了一份厚重的色彩。因为人员不够，我被派去照顾那剩下四个病情稳定的常年昏迷病患，老师给他们起了昵称——四大金刚。ICU的日常工作：定时喂药、输液，定时翻身，定时记录出入量，密切观察生命体征，定时记录，定时评估。还需要给患者吸痰、测血气值等。同时老师们还需要办理新患者的入院事项，开通静脉通路，做好动脉压力监测，等等。对于烧伤患者的处理尤要注意对其烧伤处皮肤的保护和抗感染、休克的治疗。在为烧伤患者开通静脉通路时就遇到了困难，因为患者没有了皮肤的保护，肢体显得血肉模糊，还不断地流出黄色的组织液，分不清静脉的走行及静脉的位置。正当其他老师一筹莫展的时候，徐老师微笑着说交给她吧。说完就托起患者的肢体，仔细地观察起来，在确定了患者静脉的位置后，就迅速地给他扎上了止血带，并消毒进针部位，而后迅速果断地穿刺进针，见到回血，退针芯少许，再将针全部进入，然后松压脉带，贴敷贴、固定。这一连串的动作，徐老师在20秒内就将它完成，速度之快，令人惊叹，准确的判断及进针的快准稳，将扎实的护理基本功展现得淋漓尽致。而后她又为患者进行了后续的治疗操作，在交代完护理该患者的重点和注意事项后，她就去了另一个患者那里。徐老师的安排布置让压力山大的夜班有序地进行着。任何老师出现问题时，她都会第一时间赶到，给予安慰，并帮助她们解决问题。因为她的存在，枯燥、忙碌的护理工作充满了温馨与和谐。不仅能带动自己向前，还能带动自己的组员一起进步，这才是一位领导者应该具备的能力和素养。徐小丹老师令我感触很深，她的为人和带教方式，都是我所欣赏的。她从不强行灌输理论知识，而是用提问方式引发我们的思考，提升我们的兴趣和专注度，让我们更好地去学习临床护理知识。她的讲解简明扼要，直奔主题，更易让人接受。

第二位老师是我在宁波市妇女儿童医院——新生儿科的带教老师，她叫沈敏敏。她为人乐观，亲和力满满。同样，她也很体谅自己的同事，热心助人，自己能忙完的工作，便自己一人承担。时常帮助同事和我排解心中的困惑，同时她又是一位风趣幽默的老师。她不仅有个人魅力，还有很强的随机应变能力。那天中午，其他老师都下班了，只留下沈敏敏老师的一个小组和我，送来的是一个刚离开母体的宝宝，一位老师到门口去接宝宝时发现宝宝全身瘫软、肌张力消失、浑身青紫。那位老师一看情况不对，就立即大声向沈敏敏老师呼救。沈敏敏老师听到后马上飞奔而来，将宝宝置于桌上，立刻给予他胸外按压，并分配其他老师准备吸囊装置。就这样，按压、吸囊交替进行，宝宝的病情渐渐缓解了，还发出了啼哭声。那一刻，我觉得宝宝的啼哭声尤为动听，转向老师，看到她们深深地舒了一口气，露出了欣喜之情。看着她们额头细密的汗珠，我陷入了深思：护理也许就是这样，不定时地会拉起警报，那时候，就需要我们扎实的理论基础和临场应变能力了。

这两位老师各自在工作中的优点，都令我心生敬佩，值得我学习并去贯彻它。我更进一步地体会到，护理工作不是简单的个人工作，而是一个团队合作的工作，这份工作需要我们的默契配合和临场应变解决危机的能力，并且扎实的理论知识也必不可少。

润物细无声

热心的海燕

作者：杨柳明　　班级：护理学专业2015级本部1班

带教老师：陈海燕　　职称：主管护师

所在医院：浙江大学医学院附属第二医院　　所在科室：血液内科

时光飞逝，为期10个月的实习生涯即将结束。不知不觉我在浙江大学医学院附属第二医院竟已待了那么长的时间。想当初我是怀着憧憬而又紧张的心情来医院实习的，既期望自己能学到东西，又担心自己的技术理论不够。但是实习是我们将之前学校学习的知识应用于临床的第一步，所以我满怀激情地投入实习中去，并且在实习期间我受益匪浅，学到了很多东西。正是临床上的带教老师们以她们优秀的职业品德及专业能力来指导我，才使得我能将所学知识运用到实践中去，并且锻炼自己独立解决问题、独立思考的能力。我遇到的带教老师都和蔼可亲，待人温和，在我每到一个新科室的时候，多亏了各位带教老师，他们让我对新环境不再陌生，而陈海燕老师让我印象尤为深刻。

那时我刚入血液内科病房，一切都很茫然，由于那段时间我要先去护理部实习一周，错过了一开始科室总带教的统一岗培。所以刚到科室的第一天我尤其茫然无措。幸亏有陈海燕老师来给我岗培，带我在科室里到处了解，让我熟悉科室的环境、科室上班制度等，让我很快对这个环境不再陌生。

老师在工作上会和我们建立良好的沟通关系，老师会主动为我们解答疑问，指出我们存在的一些错误。对于小讲课，老师也会认真准备她要讲的

PPT，讲课时结合临床，让我们更加直观地了解，结束后还会询问我们有没有其他问题。另外，与我的其他带教老师不同的是，陈海燕老师特别会发现我在操作上的一些细节问题。比如用酒精棉签给患者的 PICC 接头消毒，她就指出了我消毒的顺序杂乱无章。真是一语惊醒梦中人，如果她不说，我还真没发现这个问题，也一直没有在意过这个消毒的顺序。这是我在之前的带教老师身上没有感受到的。这也显示出了老师的尽职尽责，不只是对我这个学生尽职尽责，也是对患者尽职尽责。血液内科患者由于他们本身疾病的问题，自身免疫力比其他患者更弱，因此消毒的时候就必须更加注意。除此之外，老师还特别注重接触患者前后的手消毒。还有老师十分注重"三查七对"，在输液等操作时一定要我们仔细核对名字、病案号等信息，就是为了防止我们出现护理差错。工作之余，老师也主动关心同学们的生活，关系融洽似朋友。比如当时正好是各大医院招聘的季节，我需要准备应聘，她会来问我要去哪几家医院，还会跟我讲讲各家医院的情况，等等。知道我成功地找到工作，老师也很是为我开心。在我出科后，老师也没有遗忘我，记得那一次是我在急诊室实习的时候，我那天正好是急诊预检班，而那天老师正好从那里经过，老师就趴在预检台上开心地跟我打招呼。说起来那时我还真没有看到老师，是老师叫了我好几声，我才听到的，那时候我心里真是挺开心的。

老师在护理岗位上一直兢兢业业、无怨无悔、默默无闻地奉献着，用满腔真情感动着每一名患者，并成功获取患者的信任。老师虽然没有做出被新闻媒体争相报道的事迹，但是她却以自己的实际行动践行了一名护士的天职。在多年的工作中，她始终坚持浙江大学医学院附属第二医院"患者与服务对象至上"的核心价值观，在操作中坚持实行六步爱心沟通法，即一看、二引、三告知、四问、五答、六 88，真正做到了一切为患者、为了患者的一切。与患者保持密切沟通交流，以最快的速度解决患者的疑问及满足患者的要求，及时观察和记录患者病情的变化发展，评估患者存在的护理问题，采取有效的护理措施，并细心观察和记录护理措施实施后的效果。老师与患者已经形成了一种相互信赖的关系。以上这些从老师与患者的相处中就能体现出来，在老师上班的那一天，老师刚进病房时，那些多次住院的老患者都会开心地向老师打招呼：海燕，今天是你上班啊。这个场景真的是让我有点惊讶，也让我印象深刻。有时候不归老师管的那组患者，在需要换盐水等帮助时正好看到了老师，也会跟老师说：海燕啊，你能帮我换个盐水吗？这时候即使这不是老师的工作，老师也会过去帮助患者。而且老师在工作时总是面带笑容，在面对患者时也总是微笑以对，老师有空就会和患者及家属拉家常，她专注地倾听患者的声音，是不是或点头，或答上几句，一点都不敷衍。在挂盐水的时候，她会先跟患者打招呼、问好，问问患者现在的情况，并告诉患者今天有多少盐水，告诉患者今天有哪些治疗，等等，让患者对自己今天的治疗了解得清清楚楚，并且老师那刚进病房门就发出的一声声温暖问候和真诚的笑容，也让这些饱受疾病折磨的患者内心抚慰许多。我想这大概也是老师和患者关系这么好的原因之一吧。

这就是我要写的优秀带教老师，虽然没有什么特别值得大力报道的事迹，但正是这些小事，显现出老师对实习生尽职尽责，带教认真，对患者认真负责，与患者有良好的沟通与信任。正是老师那扎实的护理理论基础和丰富的临床带教经验，才让我学到许多的知识。而平时老师对待我们的态度也让我感到暖心。另外，老师微笑面对患者，与患者保持良好的沟通与信任关系，也正体现了其优秀的职业道德、对护理事业的热情和对患者的一颗爱心。

从温馨的港湾出发

作者:张洁馨　　班级:护理学专业2015级本部1班

带教老师:裴菊红　　职称:主管护师

所在医院:浙江大学医学院附属第二医院　　所在科室:中医康复科

带教老师:黄静　　职称:主管护师

所在医院:浙江大学医学院附属儿童医院　　所在科室:儿科

2018年7月3日,我带着彷徨与紧张的心情,开始了为期10个月的临床护理实践。从此,我的身份从一个学生转变为一个实习护士,生活环境从学校转变为医院,接触的对象从老师、同学转变为医生、护士和患者。虽说实习前学校已召开各式各样的会议进行培训,老师也对我们千叮咛万嘱咐,但对于如何适应这三大转变,做一个合格的实习护士,我心里还是忐忑不安。

时至今天,实习结束。从原本的迷茫与无知,到如今满载而归。因而十分感谢浙江大学医学院附属第二医院、浙江大学医学院附属儿童医院给我们提供的舒适的实习环境和优越的学习条件,感谢所有带教老师对我们的辛勤教导,让我们在即将踏上工作岗位之前得到充分的锻炼。临床实习是对理论知识的巩固与加强,也是对护理技能的训练和提升,同时也是我们就业前的最佳培训。尽管时间短暂,但对我们每个人都很重要。我们倍加珍惜这段时光,珍惜每一天的锻炼和自我提高的机会,珍惜与老师们这段难得的师徒之情。犹记得实习初始,进入病房总有一种茫然的感觉,对于护理工作处于比较陌生的状态，也对自己在这样的新环境中能够做的事没有一种成形的概念。庆幸的是，在实习的第一周我接受了系统的岗前培训，我更加深入地了解了医院的工作环境、规章制度以及各种常见的护理操作及如何启动应急抢救系统。这让我更好更快地融入浙江大学医学院附属第二医院这个温暖的大家庭，为今后的工作做了很好的铺垫。

记得我在中医康复科的时候，我跟随带教裴菊红老师上班，包括责任班和办公班等。刚开始，我像个小跟班一样，在老师身后亦步亦趋，观察老师怎么评估患者、怎么对患者进行护理、怎么处理医嘱以及怎么回答患者的疑问并进行宣教。之后，在老师的指导下，我可以完成一些简单的操作，分管一些病情较轻的患者。到后期，我学会了独立管理患者，每次交班前后评估患者的皮肤，为瘫痪的患者翻身，对患者进行护理操作，学习写护理记录单，监测患者的病情。在这期间我明白了细心的重要性，细节决定成败。例如，在每次接盐水前询问患者姓名这个行为看似简单，却可以避免我们发生差错事件；又比如说，时刻关注患者的一些生命体征、血糖等，这些平常的数值，有时往往能提前反映出患者病情的变化，为我们尽早治疗提供先决条件。记得第一次上八八班的时候，我们所分管的前组有许多特护患者，而大部分的特护患者都是气管切开的，由于长期卧床，这些患者往往会有大量黏痰，常常我们在护士站里写交班，就会听见患者在病房里剧烈地咳嗽，这时，我们需要立即给患者进行吸痰，以保证患者的呼吸通畅，否则患者会发生呼吸困难，危及生命。同时，为了防止压疮的发生，尤其在夜晚，陪护的工人和家属都困乏之时，我们要每两小时为患者翻一次身、叩背，上夜班不是不困，而是没有时间犯困。

而另一个令我难忘的科室就是儿科。记得跟随带教黄静老师上班的第一天，我仅仅是观摩熟悉就感到震惊了。通过半天的体验，我便深深领悟到了儿科病房的特征之一——闹。当大量入院患者聚集在护士站及新患者接待处时，走廊里异常吵闹；当治疗室内有患儿排队等待打针或吸痰时，只要有一个宝宝开始哭闹，剩下的宝宝们就像比赛一样争先恐后地开始大声哭叫，一时间，整个治疗室的分贝爆棚，当第一次毫无准备的我进入治疗室时，我发现我竟然出现了耳鸣。

在我上完半天班后，我终于理解为什么这里的老师都是温言细语、动作轻柔，再蛮力的女汉子来到这里恐怕都不忍心粗暴对待那么柔嫩的小生命，更何况当宝宝们使出撒手锏——眼泪和尖叫，我们只能乖乖败下阵来，耐心地安抚宝宝。在进行操作时，我们也要动作轻柔，因为宝宝的皮肤很娇嫩，下手太重不仅宝宝会哭闹家长也会很心疼。但同时我们也要做好防护措施，宝宝年龄较小，又天生好动，在我们操作时，他们会下意识地躲闪，这时若未能及时保护，很有可能会弄伤自己或宝宝，大大提高针刺伤的可能性以及降低成功率。

在这段短暂的实习时间里，我的收获很多很多，如果用简单的词汇来概括就会显得言语苍白无力，至少不能很准确和清晰地表达我们受益匪浅。收获很多，只是没有必要将它一一列出，因为我们知道实习期间的收获将在今后工作中有更好的体现，所以我们用某些点线来代替面，用特殊代表个别。总之，在感谢医院给予我们点点滴滴的收获的同时，我们也将以更积极主动的工作态度、更扎实牢固的操作技能、更丰富深厚的理论知识，走上各自的工作岗位，提高临床护理工作能力，对护理事业尽心尽责！感谢生命中有你。

在浙江大学医学院附属第二医院实习的日子已经所剩不多了，在这些日子里，我与我的小伙伴们在老师爱的教导下日渐成长，虽然我们即将各奔远方，但我们始终记得我们是从浙江大学医学院附属第二医院这个温馨的港湾中出发的，我们身上始终带着浙江大学医学院附属第二医院的标记。加油，感恩！

想成为你的样子

作者：陈洁　　班级：护理学专业 2015 级滨江 3 班
带教老师：李影　　职称：主管护师
所在医院：浙江大学医学院附属第二医院滨江院区　　所在科室：综合 ICU

时光如驹，转眼间，10 个月的实习就快接近尾声了。回首这不短不长的 10 个月，虽然相比学生时代的日子要艰辛很多，但同时得到的历练却也是无法衡量的。

还记得我刚踏入临床时的心情，兴奋中夹杂着担忧。兴奋是因为离开学校，踏入社会工作，给我带来了一种新鲜感。担忧是因为要穿上一身白大褂，背负医者的责任，并且初次下临床，难免会紧张。实习至今，我的手机相册里一直保留着一张图片，它是我在正式下临床前，医院给我们岗培的时候拍下的。它这样写道："病人以性命相托，我们怎能不诚惶诚恐，如临深渊，如履薄冰。"这几个字是张孝骞前辈留下来的。每当我快坚持不下去的时候，这句话总会带给我力量，激励我，鞭策我，慢慢打磨着我的三颗心：细心、耐心、责任心。除此之外，这 10 个月下来，我还有一个特别想感谢的老师。她就是浙江大学医学院附属第二医院滨江院区综合 ICU 的一名护士，叫李影。

李影老师是我在浙江大学医学院附属第二医院滨江院区实习阶段认识的第一位老师。她教会了我很多知识，也给了我很多实践操作的机会。而且，她特别有亲和力，私底下，同学们都喜欢管她叫影儿老师，这样会显得亲切一些。

众所周知，ICU 是一个特殊的科室，非常忙碌。患者的一切都需要医护人员去管理。一天下来工作也相当繁重，包括基础护理，每小时的交班记录，有效迅速的医嘱执行，时时刻刻的病情观察，等等。这些都让我这个实习小白有点不知所措。好在影儿老师非常有耐心，帮助我很快就适应了这个环境，让我不再陌生，并且也能帮助老师做一些力所能及的事情。影儿老师不仅对实习生很有耐心，她对患者也是亲力亲为，做事情不拖沓，干净利索。还记得和她一起管过一位肺移植患者章大伯，肺移植患者需要经验非常丰富的老师去管理。患者手术做完一开始是需要气管插管并用呼吸机辅助呼吸的，后期医生根据病情减少镇静药物，患者才慢慢醒过来。在镇静期间，影儿老师认真做好自己分内的事情，同时严格要求我无菌操作，因为肺移植患者抵抗力很差，如果我要进去，她一定会让我穿好无菌手术衣，戴好无菌帽和无菌手套，不得有半点含糊。但考虑到患者至上，很多时候，她都是自己撑起一片天，亲力亲为地照顾患者。后来患者醒过来了，影儿老师还是一如既往，兢兢业业地做好自己的本职工作，有空的时候就陪患者聊聊天，她的脸上永远都是一张灿烂的笑脸。患者看到她的笑脸，心情也变得很好，经常夸奖她认真，向她连声道谢。每次影儿老师都说没关系，这是我们应该做的，他身体好起来才是对我们最大的回报！总之，在影儿老师身上，我感受到了她对护理事业的热爱以及她的一颗赤诚的心，我很感动。

有一回和影儿老师一起上夜班，空下来的时候，她和我说了很多掏心窝子的话，让我印象最深刻的一句话就是："我们这一行，责任心和耐心很重要，干一件事情，你就要全神贯注，把这件事情干好。"之所以印象深刻，是因为我曾经犯了一个错误。事情是这样的，有一天，影儿老师叫我给肺移植患者章大伯抽一个动脉血气，那时候章大伯病情已经稳定了，人也清醒了，然后我就通过肺动脉导管的三通那边的小圆形接口抽，抽完之后，检测结果提示危急值。影儿老师看到的时候，很紧张，立马叫了主管医师过来看病情，气氛一时间非常紧张。虽然那个时候患者一点事情都没有，还看着我们这么紧张地跑过来。

医生看来看去也没看出什么问题。影儿老师还问了主任，主任说这是不可能的事情。然后影儿老师叫我重新抽动脉血气。就在我再次抽动脉血气的时候，我才意识到自己错了，因为我在抽动脉血气的时候，原本应该回抽一点血液的，但是我没有，后来想想很有可能是在操作的时候和老师聊天，分了心才把这么重要的步骤给忘记了，导致之前抽出来的血混杂着盐水，所以检测出来才会有这么多的问题。那个时候，因为知道是我的问题给大家带来这么多麻烦，我内心感到很愧疚。但影儿老师并没有责怪我，她说只要患者没事就好，她让我从中好好反省，并借此告诉我以后自己一个人上班的时候，一定要把注意力集中在一件事上。这段小插曲让我永生难忘，老师的叮咛也时刻在我的心中敲着警钟。

在接下去的实习中，虽然没有很大的事情或者护理差错发生，但是在我的心里，我一直谨记着她的教诲，她带给我的力量是时间夺不走的。我见过护理行业的许多佼佼者，影儿老师算一个。她是我努力奋斗的目标！不仅专业知识掌握得很扎实，而且还有一颗热爱护理事业的心，做到患者至上，这就是我想成为的样子，我也相信一定会有那么一天，我会变成那个优秀的白衣天使！

润物细无声

作者：蔡楚婷　　班级：护理学专业 2015 级本部 2 班
带教老师：李惠芬　　职称：主管护师
所在医院：浙江省中医院　　所在科室：消化外科

转眼间，实习生涯就要结束了，我的大学生活也将画上一个句号。回忆实习期间所经历的种种，依然觉得历历在目。第一周实习，刚开始我还有点胆怯和紧张，不太敢去尝试操作，但每位老师都很细心地教我，我有什么问题，她们都会很耐心地回答，这让我想要勇敢地去尝试、去成长。临近实习结束，我感觉自己无论是在专业知识上还是在职业生涯的规划上，都受益匪浅。

虽然实习期间每个科室都只短暂地待了四个星期，跟老师相处的时间也不算长，但每位老师认真负责的工作态度，都在无形中影响着我。其中对我影响最深的老师是浙江省中医院消化外科的李惠芬老师。消化外科是我第五个实习科室，工作节奏很快，强度也很大，一开始我有些不适应，尤其是每天早上要挂盐水的患者很多，晨间护理加上各种中医护理操作，每天的步数基本上是一万打底。每天和老师一起去做晨间护理的时候，除了整理病房，给患者铺床，做雾化，用六一散为患者拍背，老师还会对患者说一句“早上好”。久而久之，我也跟着老师养成了在做晨间护理的时候，对患者说一句“早上好”的习惯。“早上好”虽然是一句很普通的问候语，但却能给人带来一天的好心情，特别是对一些长期住院的患者来说。通常我对患者说一句“早上好”之后，一些患者也会高兴地回我一句“早上好”。这一句简单的问候就能拉近我们之间的距离，特别是在做一些护理操作的时候，因为我没有老师那么熟练，动作会慢很多，但很多患者会包容我，让我慢慢来，没关系，让我心里不会那么慌张。

在老师的带领下，我还学习了怎么接待手术患者，也知道了手术患者护理的一整套流程。手术当天为患者铺上气垫床和中单，放好心电监护和氧气水，等待手术室的电话，带好术中用物，把患者送入手术室。等到患者返回病房，护工和家属一起把患者搬运回病床，吸上氧气，为患者接好心电监护并记录生命体征，查看患者切开敷料、各导管的固定情况以及皮肤有无破损，检查静脉通路是否通畅，并更换敷贴，接上盐水，讲解镇痛泵的使用方法，最后还要对患者家属和陪护做好相关导管的宣教，为患者做上气压泵，加快体温的恢复，做耳穴贴压，减轻患者疼痛，促进睡眠和胃肠蠕动。

老师给我讲解了科室里常见的病种，让我掌握这些病的常见症状和一些辅助检查的注意事项，同时也教会了我很多课本上学不到的知识。一开始实习的时候，老师告诉我们在听晨间交班的同时，一定要拿本子把自己跟的老师所管的患者的病情记下来，那样能够掌握更多的知识。但是很多老师都不会让我写护理记录，只跟我讲每个患者应该关注什么，以及这个患者为什么要用这种药物，以至于我对如何写好一份护理记录的理解，一直停留在表面，没想到自己写的时候，会有那么困难。但是李惠芬老师不一样，老师在第二个星期就让我学着管一个房间，不管是护理记录还是 CVC 维护抑或是引流液的记录，都让我自己着手尝试去写。刚开始写的时候，我会模仿上一个老师的护理记录，老师看了之后，让我结合患者的实际情况去写，每天写护理记录之前，我都会去问患者今天的感觉如何，身上还有没有不舒服的地方，和患者多了很多的交流，也有了很多的收获。护理记录写好之后，老师会看一遍，帮我修改，指导我怎么写才对，慢慢地我才理解护理记录应该怎么写。即便是一个患者，每班的护理记录都是不一样的，特别是那些一级护理的患者，他们的病情是千变万化的，医生用的药物也在不断调整，患者就可能会出现一些副反应。除记录患者当天的生命体征和主诉外，还包括一些辅助检查的报告，比如抽血的化验单有哪些不正常的指标是需要护士关注的，等等。

在老师的教导下，我从原来只能勉勉强强地管一个房间的患者，到实习四个星期时已能管理七个患者。我真的进步了很多，我用来记录患者病情的小本子上的内容也不断丰富了起来，除了患者的诊断，还有每个患者的引流管和今天要做的辅助检查，这也让我明白了自己是真正进入了临床。在我所负责的患者康复出院时，我也体会到了成为一名护理人员的职业获得感。

在实习的最后两周里，我还学习了如何更换 PICC 的敷贴。老师更换的时候，将每一步的操作都讲解得很仔细。之后老师让我换了两个 CVC 敷贴。第一次换敷贴时感觉特别困难，要让患者一直保持头偏向一侧的姿势，而且换的时候必须非常小心，不能用力拉扯，防止 CVC 管的置管长度产生变化，清洁也要到位，把 CVC 管穿刺处的血迹和敷贴内外的范围都消毒干净才行，管子固定在敷贴的正中央，最后还要加固敷贴。我换敷贴的时候非常紧张，既怕把管子拉出来，又怕清洁不干净，所以换得非常慢，病人也觉得我换得很慢，但老师在一旁却安慰我说“没关系，临床的工作有时候宁愿慢一点，也不能出错”。

李惠芬老师对工作很负责，每天当其他老师完成交班已经回家时，老师还在护士站给患者打电话回访，询问患者的情况。在逛病房的时候，感觉到患者因病情而情绪低落，会安慰患者“慢慢来，会好起来的”。是老师让我感觉到我将来所要从事的这一份职业的温度。

ICU 的一个月

作者：杨斯　班级：护理学专业 2015 级本部 1 班
带教老师：王文洁　职称：主管护师
所在医院：浙江省人民医院　所在科室：ICU

在浙江省人民医院实习的 10 个月里，我学习到了非常多的临床知识，原本迷茫的我，如今满载而归。十分感谢医院给我们提供了这样好的实习环境和各种优越条件，感谢遇到的所有带教老师对我的辛勤教导，让我在踏上工作岗位之前拥有了如此良好的实践机会。

临床实习是对理论学习的巩固与加强，是对护理技能操作的培养和锻炼，是我们就业前的最佳训练。尽管时间很短，但对我们每个人都很重要。我们珍惜这段时间，珍惜每一天的锻炼和自我提升的机会，珍惜与老师们这段难得的师徒之情。ICU 是我实习的第五个科室，本以为可以很快适应，但现实却泼了我一头冷水，感觉自己变得更傻了，不知该干什么，而老师也觉得我实习了这么长时间，又是本科生，做起事来应得心应手才是，面对老师的无奈我真的无地自容！我又一次陷入了低谷，又回到了没脑子的时候，做事一点条理也没有。然而当王文洁老师知道了我是因自卑、不主动而没有得到操作锻炼时，她就给我讲操作技术的重要性，并帮我寻找锻炼机会。是老师又一次激发了我的热情，真的很感谢老师对我的关怀，我也会加倍努力，不辜负老师对我的期望！通过理论学习和临床实习相结合，我对重症监护有了深刻了解，学习到了很多技术。

在 ICU 面临的都是危重的患者，第二周的时候，我们接收了一名患病毒性心肌炎的小姐姐，非常年轻，只有 25 岁，因为连续熬夜加班加上重感冒发生了心肌炎进而心衰而转入了 SICU。老师们都很尽心尽力、细心地护理她，希望她能慢慢好转起来，同时我也见识到了 ECMO 和 CRRT 机器的使用。老师还特别强调了这个患者预防感染的重要性，一定要注意手卫生、无菌操作原则。这让我意识到生命的脆弱，对于随时可能发生病情变化的患者，我们必须勤于观察，勤于思考，加强病情的监测，一旦发现异常，及时汇报和处理，不让最佳的抢救时机从我们手中流失。我们也要勤于学习，不断更新知识，提高业务水平，用娴熟的操作技能减轻患者的痛苦，促进康复，挽救患者生命。

在 ICU 实习的第三周里，让我印象最深刻的就是 S1 床老太太的病情处理。那天早上，我的带教老师王文洁老师在交班时，发现老太太精神比较软，当时交班的时候她说可能是晚上脱机过的缘故，整个人比较累，小便少且颜色深黄。后来老师要我测量了一下她的 CVP，显示为 2。一小时后发现她的血压开始下降，体温高达 38.4℃。老师考虑她可能是感染性休克，立即通知医生处理。医生观察了她的情况以后立即予以快速补液，在第二袋林格液输进去后她的血压开始上升，尿量较之前增多了，医生也及时为她更换了伤口敷料。继续治疗几个小时后，老太太的精神较之前好了，血压也稳定了下来。老师说这个老太太就是一个典型的感染性休克的表现。在这个时候我们护士及时发现，及时报告医生给予处理是非常重要的，这让我意识到了病情观察的重要性，也佩服老师的专业水平。

ICU 的主要任务是对危重患者进行抢救和实施监测治疗，我们作为最直接的观察者、抢救者，必须提高自身素质，对患者进行全面、连续的动态监测，尽早发现患者现存的或潜在的危险因素，并及时进行有效的护理干预措施，促进患者痊愈，减少并发症，挽救患者生命。同时，ICU 护士必须努力提高自身素质，危重患者病情常复杂多变，我们要掌握重症监护及重要系统的功能监护，以全面了解患者病情的动态变化，观察患者用药后可能出现的不良反应，以娴熟的操作技能进行护理，减轻患者痛苦，减少并发症的发生。我们还应认真学习，不断更新知识，熟记各项抢救程序，对所有抢救都做到心中有数，熟练掌握各种仪器设备的使用。此外，我们必须具备良好的心理素质，积极热情地对待患者，不将生活中不良情绪带入工作中，与同事团结协作，抢救时做到忙而不乱，有条不紊地完成工作。短暂的四周实习，收获的却是许许多多，很感谢老师对我的教导，纠正我的错误，我会更加努力学好每一个知识点，脚踏实地做完每一件事情。

现在对于实习，我还是既憧憬又惶恐的。憧憬是因为实习是一次理论联系实际的机会，将学了四年的理论去应用于临床，实在是非常新鲜而又有意思。然而由于要在患者身上操作，我要想真正地透过症状看到疾病本质，心中却没底，便难免惶恐了起来。也曾问过不少实习同学，各说纷纭。总之是“如人饮水，冷暖自知”。但有一点是明确的，知识的真正掌握是把它用于实践，用实践来验证及巩固所学。学会与患者、老师交流是非常重要的，不善于与人接触是我的一大弱点，那种胆怯与不自然会使我失去很多的学习机会，所以我觉得沟通也是一门艺术，学好了会受益匪浅。

在实习当中我意识到要做一名护士很不容易，而成为一名优秀且具备良好素质的护士更不容易。随着当今社会物质文明和精神文明的不断进步，人们对护理人员的素质和服务水平的需求也不断提高；护士具有良好的素质显得越来越重要，不但要有良好的心理素质，还需要加强专业技术、职业道德、身体等方面的素质，更要有文化仪表方面的素质。

实习给了我们一个很好的锻炼机会，让我们在发现问题当中去解决问题，为护士之途铺上了一条很好的道路。我们不仅学会了做一名护士，也学会如何做一名具备良好素质的护士。护士是临床护理工作的主体，要提供最佳的护理服务，就必须加强自身修养，有一个良好的精神面貌和健康的心理素质；保持积极向上、乐观自信的生活态度；有稳定的情绪，遇挫折不灰心，有成绩不骄傲;临危不惧,在困难和复杂的环境中能沉着应对;有宽阔的胸怀,在工作中能虚心学习同事的新方法和新技术,能听取不同意见,取众之长,补己之短,工作中能互相交流经验。而在专业能力方面,我们应该有扎实的专业理论知识,掌握各种常见病的症状、体征和护理要点,能及时准确地制定护理措施;掌握护理心理学和护理伦理学知识,了解最新的护理理论和信息,积极开展和参与护理科研,具备娴熟的护理操作技能。在ICU的实习生活也让我认识到熟练的护理操作技术是一个优秀护士应具备的基本条件,除常见的医疗护理技术外,我们对现岗位的专科护理技术应精通,能稳、快、准、好地完成各项护理工作。高超的护理技术不仅能大大减轻患者的痛苦,而且能增强自己的自信心,给人一种美的享受。我们还应掌握急救技术和设备的使用,熟悉急救药品的应用,能熟练地配合医生完成对急症或危重患者的抢救;具有高度的责任心,严守工作岗位,密切观察患者情况的变化,严格执行操作规程,认真做好查对制度,时刻牢记医疗安全第一,杜绝医疗差错事故发生;具有敏锐的观察力,善于捕捉有用的信息;具有丰富的想象力,勇于技术创新;具有较强的语言表达能力,掌握与人交流的技巧,能根据患者的具体情况灵活运用语言进行心理护理。

在实习当中,我也学会了以良好的品德去对待每一名患者。护士是白衣天使,救死扶伤是我们的工作职责,因此我们应具有良好的职业道德。我们与患者是两个地位平等的个体,只是社会分工不同,对患者应像对待朋友亲人一样,为其创造整洁、舒适、安全、有序的诊疗环境,及时热情地接待患者,用同情和体恤的心去倾听他们的诉说,并尽量满足其提出的合理要求,施与人性化的医疗服务。

亦师亦友

作者：戴芳玲　　班级：护理学专业 2015 级本部 4 班
带教老师：俞晓晶　　职称：护师
所在医院：浙江大学医学院附属妇产科医院　　所在科室：分娩室

10 个月的实习生活已经接近尾声，在我为数不多的实习科室中，分娩室实习的时间最久，和我年轻的带教老师度过的时间也最久，在这段努力学习成为助产士的时光里，感动与幸福感一直萦绕于心。

我的老师是一名助产士，在我来到科室的前几天我们都未曾搭班，但是其他的老师纷纷表示我和我的老师性格很像，应该会相处愉快，这让我很高兴，也开始期待遇见，并想象接下来两个半月的实习生活会如何度过。第一次和老师一起上班是做导乐陪伴分娩，从见到产妇开始到帮助产妇生完宝宝再送回病房，这段时间相对独立且我们主要负责一个产妇的照料工作，对我来说这也是一个很好的学习机会。我很快熟悉了导乐的工作流程与职责，并且在这个过程中我们会给产妇补充能量，因人而异选择自由体位分娩，老师给孕妇讲解护理的过程，于我而言则是将书本知识运用于临床的过程，这也是实习生活给我带来的难能可贵的实践经历。作为带教老师，她言传身教，以身作则，用正确的操作方法来指导我。在操作过程中，她严格做到放手不放眼，强调操作准确和规范，并及时给予我指导，帮助我快速提高操作能力。回想那么多次导乐的经历，我看到了老师对产程的把控，以及对紧急情况的识别和处理，也感受到了沟通交流的魅力，生孩子就像是一场马拉松，而我们是陪跑者，要为她们加油鼓劲。每次听到老师指导产妇屏气用力，就感觉自己也能被带动起来，有时候即使仅仅看到宝宝的一点头发露出来，老师也会说“很好，很棒，来，加油！加油”，这种感觉也只有在分娩室才能有所体会。事后产妇坦言非常感谢我们的帮助，因为宫缩痛让她们最后仅靠着我们的鼓劲咬牙完成了顺产这件人生大事。这是我的老师带我体验的分娩过程，它让我在耳濡目染之中学会陪伴，学会照料，学会加油鼓劲。一次次、一点点，我的胆量也随着音量在慢慢地变大，一点点缓解产妇们的紧张焦虑情绪，增长沟通交流能力，陪她们聊天分散注意力，以至于每每看到产妇顺产，感觉到她们微弱的情绪转变，听到宝宝的啼哭，都给予我偌大的幸福与成就感。每一次的陪伴，都是一次不错的学习机会，老师对产妇无微不至的照顾，改变了我对这份职业的固有印象，每一声感谢也让我收获了继续努力的动力，我的成长离不开老师给我的机会和指导。每一个操作、每一件小事，都以慎独之心来对待，她如此认真，我也想像她一样成为一个称职的助产士。

这两个多月的相处时光应该是我实习以来最自在的一段日子了吧！或许是我们年龄相仿、性格相似，所以沟通起来没有什么顾虑和障碍。回想起来，我们每天都有很多的交流，我问的问题她都会认真地回答，她还会告诉我她实习的时候是怎样的。或许如她所言，实习的日子的确是我们最快乐的时光，实习期我们可以问各种问题，可以请教老师，主要是完成老师交代的工作，但是工作以后将面临更多现实的问题，会有来自各方面的压力，会有诸多的困难，学会迎难而上吧！作为带教老师，她始终用心工作、用情带教。除了在工作中指导我，她也关心我的生活，给我提供一些建议，必要时给我一些帮助，从而让我安心地实习。她既尊重我，又会及时指出我在语言和行为上的不足。譬如与患者的沟通技巧、与老师和同学之间的沟通技巧等，她都对我进行适时教育，情景教育，而我也乐于接受老师的合理化指导，改掉一些不恰当的言行，提高自身素质。我们天天工作在一起，几周的相聚之缘，凝结的是感情。我和老师的沟通除了每次上班的时间，还有每两周一篇的周记，我向老师反馈近来的实习生活情况，老师用心地写上评语，每一篇周记后面都是满满的感动。最后一篇是实习快要结束的时候写的，老师说很感谢我这两个多月的陪伴，很喜欢我，希望以后可以做朋友、做同事。我想说："老师，我也很喜欢你，非常期待未来在本院工作，期待能在分娩室做一名优秀的助产士，向你学习。"这就是我的老师，亦师亦友，不仅教会我临床工作的技能，也教会我为人处世。她把自己的经验毫不保留地分享给每一个愿意学习的人，每一个跟过她的同学或者进修护士都非常感谢她在操作中的带教和讲解。作为她的学生，我觉得她有太多的东西值得我去学习。她曾问过我以后是否有考研计划，说到这儿我非常佩服她。在忙碌的临床工作中，我发现一个人的精力将被许多的琐事分散，有家庭的，有工作的，还要额外花时间去深造，这真的不容易。每次听她说起下班后赶去学校上课，休息天在家复习做题，我就觉得她的坚持实属不易，衷心地祝愿她能够顺利完成读研计划，加油！

未来的路漫漫，她的生活让我越发清晰地看见了我的未来，我想我应该继续努力，不应该停滞不前，我也相信这份工作将让我获得无尽的成就感和幸福感，这样真好。

播下成长的种子

作者:赵唯一　　班级:护理学专业 2015 级滨江 1 班

带教老师:毛仙霞　　职称:主管护师

所在医院:浙江医院　　所在科室:神经内科

如果说,人生就是在教育和被教育的过程中成长,那么,所有的教育都离不开一个同样的名字:老师。玛丽・居里说,不管一个人取得多么值得骄傲的成绩,都应该记住,是老师为他的成长播下最初的种子。

"不要胆怯,放大胆子,老师操作的时候要仔细观察,当老师把操作的机会留给你的时候,千万不要后退,要多做,做了以后才会有感悟,有进步。做了之后你就迈出了第一步,之后的一步一步就非常容易了。"老师对我们的每一句提醒、每一次指导、每一次问候,都是满满的爱。他们从不需要我们的回报,但对于各位老师来说,可能我们的成长、我们的不断进步,就是最值得他们微笑的理由。

我记得我来到浙江医院实习的第一个科室就是神经内科,遇到的印象最深刻的老师,就是第一个带我上夜班的毛仙霞老师,私下里我都喊她毛毛老师,可以说毛毛老师真的是一个超级温柔的人。神经内科的病种特殊,患者病情比较严重,所以,老师们的工作节奏快、任务重。但在面对每天如此繁忙的工作压力的情况下,毛毛老师依旧很有耐心地教我,那时候我刚刚下临床,什么都不懂,什么也不会。毛毛老师明明自己可以一分钟完成的事情，带着我得五分钟才能完成。那几周神经内科几乎天天加班，毛毛老师更是拖班到很晚，但是每次都让我按时下班。毛毛老师每天给我布置学习任务，每天都要私下提问，经常让我多看看书，巩固理论知识，同时也给我很多动手操作的机会。我的第一次静脉输液就是毛毛老师教的，虽然最后穿刺失败了，但是毛毛老师跟我一起总结失败经验，并且鼓励我下次依旧要努力尝试。最喜欢跟毛毛老师一起上夜班了，一个临床经验丰富的老师，上夜班安排的节奏很平稳，就是很踏实、有条不紊的感觉，所以一个夜班下来，其实并不怎么累。

相似的例子还有许多，患者从入院到出院，所有的生活照顾、病情观察、治疗、康复、心理指导及健康教育都由每一位责任护士亲自去做，老师们的言行在潜移默化中影响着实习的同学。作为实习的同学，我们其实也暗暗把自己当作责任护士，仔仔细细地学着老师们教的每一项操作，记着老师们的每一次宣教、每一个表情、每一声话语，不落下任何一个细节。清晨，我们会和老师们一起微笑问候，为患者叠被、翻身；操作前，我们会和老师一起向患者讲解操作的目的；检查前，我们也会和老师一起告知患者注意事项；手术前，我们会和老师一起为患者做术前准备和心理护理；深夜里，我们会和老师一起悄悄地进出每一个房间，认真巡查……就这样，我们在实际操作中充实自己，并提前体会到作为一名"优秀护士"的成就感。

10个月的临床实习，转瞬即逝。总结下来就是实习期间要不断地充实自己的理论知识和扎实地掌握护理操作技能，多争取一些操作锻炼机会。跟在带教老师的身后，不放过老师的每一个操作细节，认真做好小笔记，遇到不懂的及时地向老师询问，这样老师才能给予详细解答。平时主动问老师需要准备些什么，先熟悉每项操作都需要些什么。渐渐地老师才会让实习生开始尝试操作，而老师只放手不放眼，让我们安心地去操作，给了我们一个很好的锻炼机会。也许只是尝试，但那一刻我们也要拿出勇气来，亲手操作才能有体会。

茫茫人海里，不论是带教老师还是实习生，能够相识就是一种缘分，彼此都应该珍惜这段师生之缘。虽然只有短短的几周，但是，在我眼中，工作时她是最严苛的老师，私底下她是最知心的朋友，她的言传身教让我对护理职业有了新的定义和理解，她教我积学厚德，成为一名优秀的护理人。

你给了我前行的勇气

作者：陈潇倩　　班级：护理学专业 2015 级本部 1 班
带教老师：吴黄君　　职称：主管护师
所在医院：杭州市第三人民医院　　所在科室：神经内科

在还没实习前，我真的是一个超不起眼的学生，什么活动都不参加，成绩也一般般，对自己也是极度的不自信，觉得自己肯定做不好索性就不去做了。每天过着教室食堂寝室三点一线的生活，空闲时间都在寝室窝着，碌碌无为。直到实习两个月后，我遇到了我人生中的第一个伯乐，我感觉我变了。

当我听到同学跟我说“你下个科室去神经内科，然后老师会给你一个巨大的惊喜”时，我吓蒙了，惊喜？是什么？到了报到那天才知道所谓的惊喜是什么——下次的关于脑梗死的教学查房由我和另一个实习生共同完成。这是第一次由实习生讲解教学查房，说实话，我很慌，我觉得我并不行啊，同时纳闷这么多实习生怎么偏偏挑了我，后来才知道是因为我是组长，我真的是哭笑不得。我这组长只是随意指定的，和学习成绩无关啊。可是当看到吴黄君老师挺着大肚子还要上班，没说几句话就喘时，我就想，好吧，死马当活马医呗，硬着头皮上呗。

在准备 PPT 上，我真的花了好久好久时间，也反反复复修改了好久，从 PPT 的背景到病例的总结到知识点的归纳，还选了好久的表情包，只为了让原本枯涩的一个查房显得有趣一点。

我准备的是脑梗死的知识点，为此我啃了好几本书，就连大一的解剖书、大二的病理书也都答翻出来了，就为了把病理生理给讲清楚了。我的天哪，我感觉即使期末我也没这么认真过。同时在这一过程中，我也是相当的受益匪浅，从吴黄君老师那里学到了很多。本来我的 PPT 都是密密麻麻的字，因此总感觉没有把知识点完完全全体现出来，是吴黄君老师提点了我，为什么不用图片呢？在安全措施那一块，就放几张走廊扶手、病床的扶手、卫生间的扶手以及患者的助行器，一目了然。还有辅助检查，可以通过只放 CT、磁共振以及血管造影来为学生讲解它们各自的优缺点以及适用于哪种疾病的诊断。这样的 PPT 就不会显得枯燥，让人视觉疲劳。看着最后完善的 PPT，满满的成就感，尽管这是加了很多个班换来的，但却非常值得。最后就是如何去讲解这个 PPT，而且还有时间限制，为了讲完自己这部分，感觉自己嘴巴就像机枪一样，突突突的，再加上要空出一部分时间让同学们也能够参与进来，就要准备几个小问题，但问题不能太傻也不能太刁难，真的是煞费苦心。

我觉得我在其中最大的进步就是学会了延伸，即从一个问题我可以想到它的一系列知识点，然后扩充扩充，使得整个体系更加饱满。当然我要感谢吴黄君老师，因为很多知识点是课本上没有，课堂上老师没提到过，只有在临床中才能遇到的。老师会在上班的时候时不时地提问，所以我就记住了，也巧妙地将其放进了我的 PPT。在查房的时候提问同学们，看着他们都一脸疑惑的样子，瞬间觉得自己是如此优秀，因为除了老师只有我知道答案是什么。

虽然当时演练了好多遍，但是到了真正上台的时候还是很紧张，双手双脚也在不停地抖动。我的组员们也都安慰我说："别紧张，我们不会笑话你的。"好吧，这根本不能算安慰。而且除了自己学校的实习生，还有其他学校的，站在台上看着那么多陌生的面孔，只能默默挤出一个尴尬而又不失礼貌的微笑，内心默默为自己打气。从轮到自己上台讲一直到讲完下台，说实话我整个人是飘的，我都记不清自己在上面讲了些什么。等老师开始点评的时候，"讲的还是不错的，就是小动作太多了，如果少一点就更完美了"。好吧，这好像是我一直以来的毛病，如果我站着，我就会忍不住抖动双脚，双手也会不自觉地做出一些手势，所以我觉得我需要一个大讲台遮住我的下半身，或者坐着会更好吧，把缺点都藏起来。好吧，应该还是紧张造成的，不过这次的磨炼真的直接改变了我后面的实习轨迹。

自那次查房之后，突然掀起了一股新的潮流，无论哪个科室要护理查房，该科室的老师肯定都会捎上自己的实习生来共同完成演讲。当我轮转到心内科、妇产科的时候，带教老师也都让我主讲科室的小讲课，真是受宠若惊，同时表示压力山大。

不过非常庆幸因为有了第一次的经验，我对护理查房的流程可谓非常清晰了，所以在内科大出科的时候，我所阐述的护理查房是所有人当中最为完整的，顺序也是完全正确的，同时我被一位监考老师夸赞道：是个学霸。这是我从小到大第一次被称为学霸，真的毫不夸张地说，我飘飘欲仙了，原来我也可以成为学霸。之后为了这个称呼，我也开始有了动力去看书，更用心地去学习，仅仅是为了让自己可以真正配上学霸这一称呼。再加上之后我的带教老师都是该科室的总带教，她们更用心地教我更多的知识点，也会时不时地提问我，很多时候都让我措手不及。在这样的不断鞭策中，我觉得我真的成长了很多。

所以，总的来说，我非常感谢学校阴差阳错给了我一个组长的职位，正因为这个职位，我非常庆幸地碰到了愿意培养我的第一个带教老师——神经内科的吴黄君老师。自那之后，我的实习就像开了挂一样，碰到了一个接一个愿意尽心尽力教我的老师，被那么多老师寄予厚望的感觉真的很好，我也因此变得更加有自信，就比如我现在真的不愿意承认自己是个学渣，我开始有了自信，我觉得我可以学得更好，我可以胜任我未来的工作，我可以规划更美好的未来。

润物无声，砥砺前行

作者：项定敏　　班级：护理学专业2015级本部3班
带教老师：黄月星　　职称：护师
所在医院：杭州市中医院　　所在科室：肾内科

漫长而又充实的10个月实习终于结束了，在医院病区我遇到了性格各样、教学方式各不相同的老师，他们对实习生均负责又有耐心，让我在面对患者、面对不熟悉的操作时不那么害怕。其中有一个老师至今令我印象深刻，她就是我在肾内科的带教老师黄月星老师。

还未去科室报到之前，听上一批实习的同学说起她很严厉，对学生要求很高。我怀着忐忑不安的心，来到新的科室，看到老师的第一眼，我心里想的是：啊，看起来是个很温柔的老师，拥有满脸的笑容。但到了后面真正开始教学的时候，我发现她确实是很严格的。比如无菌操作，从铺无菌盘到抽药液、排气、核对、打针手法、处理垃圾，每一步都要求到位、准确快速。她会特地让我独立做一些事情，培养我独立工作的能力。她总说我以后要独自当班，先让我有点概念，有了基础以后就不会那么无从下手了。她让我分管两个患者，从患者入院到出院，进行评估、诊断、计划、实施，运用沟通的技巧，熟悉患者的需求，从而进入护士角色，不断加深对整体护理的认识，让我自觉、主动、创造性地学习。

黄月星老师具有较扎实的护理学理论基础和丰富的临床护理实践经验。

工作责任心强，热心临床教学工作，认真负责，言传身教。对我严格要求、严格训练、严格管理。由于我实习没多久，基本理论、基本知识和基本技能不熟练，老师先让我熟记这些知识，也不断给我机会练习操作。除此之外，她还教给我临床新知识、新理论、新技能，始终坚持结合实践，注重实用，讲究实效。她按照学校《实习大纲》要求实施教学，科室或者全院有护理大查房，老师都会让我去参加，并让我做好笔记，学习专科疾病的护理要点。日常工作中，真正做到放手不放眼。我在肾内科实习一个月，发生过一次差错事故，发错尿杯，好在及时取回，并未造成标本留取错误。同时，老师也会严格实施出科考试，认真批改实习手册上的整体护理案例，并且告诉我哪些做得不好，哪些值得表扬，实事求是地给出实习评语，填写出科考试成绩。

最令我印象深刻的一件事就是，周一来看病的患者特别多，而且肾内科是医院的招牌科室，来了很多患者。但就是在这么忙的情况下，老师也给我机会让我在时间紧迫的情况下独立完成两个新患者的接待，包括体温单录入、基本情况、入院宣教、带患者至病室、通知医生就诊新患者、写护理记录单、执行新开的医嘱，如此繁多的步骤，我手忙脚乱，稀里糊涂地弄完了。下午也源源不断地有新患者来，老师有条不紊地工作着，顿时对老师充满敬佩之情，关键是老师不仅一个个安顿好，还大致地给患者做了健康宣教，患者对黄月星老师很信任。下午 5 点我准时下班了，听到老师很亲切地说下班回去路上注意安全，我心里暖暖的。我不知道的是，老师在我走后检查我的工作，事无巨细地改正，后续工作做到晚上 8 点才下班回去，但是老师并没批评我。余后的三个星期，老师教我如何写护理文书，每次写完，我下班前她都要检查一遍，告诉我哪里做得不好，哪里需要改。在她的指导下，黄月星老师说我写的护理文书比较成熟了。老师每天都比其他老师下班晚，自己去检查组里面管的患者的事情有没有做到位、护理文书用语的准确性，并不是为了得到谁的表扬，只是简单地想把事情做好，每件事情都希望做到完美。这让我从心底里佩服黄月星老师，心里暗自下决心要向老师学习。

除了工作上的事情要谨小慎微，我的老师还教我护患关系的处理。护患关系的处理也是医学生要学习的重要内容。培养医学生坚持“以患者为中心”的理念来从事临床医疗工作，学会尊重患者。要做一名优秀的临床护士，必须了解患者的心理状态，与患者之间的接触、沟通是非常重要的。医学生在与患者沟通上往往欠缺和难以领悟，需要在临床医疗活动中不断摸索和积累经验。老师总是在病房、护士站、医生办公室之间“三点一线”地忙碌着，老师要求我要以“医师”的要求去对待工作，接收新患者时可以根据自己所学大致判断是哪方面的疾病，观察患者的情况，能独立做出自己的判断。让我安心的是，老师会在旁带教，为我保驾护航。在为患者解释疾病发生发展等相关知识时，我认识到自身知识的贫乏，我必须不断地努力和学习，才能真正地帮助患者。

刚开始实习的时候，我认为学的知识就是为了辅助医生，执行医嘱、在力所能及的地方对医生进行提醒等，是在心里进行了无数次的自我驯化之后的结果。有时候会心里默想：我要做一片好绿叶。但是老师告诉我，医护之间是平等的、互相合作的，要共同达成一个目标：促进患者的康复。有的人，不需要做很多，她的存在就是安慰。

有一天突然发现，追求已迥然不同。比如学生时期是成绩，我们这个年纪，有时候会更加是……尊重吧。每一次被患者问：你是新来的吧？实习的时候简直条件反射似的讨厌“新来”这个词。因为它代表操作的不熟练、知识的不全面、规章制度的不熟悉……还有隐秘的不被尊重。在我们最渴望被接纳被尊重的时候，我的老师早已得到了它们。但是这东西，是自己挣来的。如果你见过老师流畅的操作；如果你见过老师数十年如一日对患者的悉心照护；如果你问老师无论哪一个患者身上哪一个小小的点，而老师都能毫不犹豫地迅速说出来；如果你见过患者因大便失禁、尿失禁弄得满床都很脏，而老师给患者擦身，无视患者身上的异味——你不会再好奇老师的被尊重从何而来：从每一件事中来。我每次操作时老师都会鼓励患者，“我同事之前打过很多针的，她可以的。”让患者安心也让我有信心。

提高自己就是帮助别人。护理这份职业很特殊，仅凭一颗爱心远远不够。老师不管上班的时间有多忙，也要抽出时间看患者的病历，遇到没见过的马上拉着我一起学习。下班后也经常看到她在休息室里查资料。她经常说，不懂的相关疾病知识太多，但再多都不可怕，可怕的是你自己的学习态度、做好事的态度，无论多忙也要去看书，多跟着医生查房，多查文献，多去看患者。其实很多疾病已经打压了患者的信心，我们医务人员有责任和义务给他们勇气和力量。从自身做起，严于律己，对自己负责就是对他人负责。

由衷感谢我有一个这样的老师，润物无声，激励着我前行。是她让我知道时间的可贵，每天哪怕花几十分钟的时间也可以学习到很多知识；是她让我知道牢牢记住正常的生命体征对判断病情的重要性；是她让我知道学习不是谁笨谁聪明，关键看学习态度是否端正、积极主动；是她让我变得每天不看书心里就有罪恶感。

现在我即将带着一颗爱心、耐心、细心、责任心，坚定勇敢地起航。

种花容易树人难

作者:林璐　　班级:护理学专业 2015 级本部 5 班
带教老师:刘樱　　职称:主管护师
所在医院:杭州市红十字会医院　　所在科室:普外科

教诲如春风,师恩似海深。说实话,我永远觉得自己是幸运的那个,要不然怎么能迄今为止遇到的所有带教老师,个个都是又温柔又善良、理论和操作双一流的仙女姐姐?寥寥数语似乎根本写不完这些老师优秀的人格魅力和出色的工作能力,倒不如这里就着重讲述一下我的临床启蒙老师刘樱老师的故事吧!跟随老师学习的第一个月份,回忆往昔与老师的点点滴滴,不由得感慨万千。

对于刚从学校步入社会的我们来说,实习无疑是一件既欢喜又害怕的事。欢喜的是我们终于脱离了书本来到了临床,为以后的工作打下良好的基础;害怕的是我们的护理对象从模型假人变成了一个活生生的有情绪有感觉的真人,"三查七对"不再是形式上的东西,稍有马虎可能都会发生护理不良事件。

记得第一天去科室报到,刘樱老师早早地站着等候我们,她给我的第一感觉是有点不苟言笑,可能完全是我的主观占据了第一印象,在生性怕老师的我的眼中,所有老师都得有老师该有的架子。后来通过慢慢接触才发现,怎么会有这么可爱的老师!因为考虑到我是新人,所以所有的事情她都一个细节一个细节、一个动作一个动作慢慢地教我,真的是从来没有因为我动作慢而说过我半点不是。她经常和我说的一句话是：慢慢来不要急，仔细核对好再动手，现阶段最主要的是把习惯培养好。

她会在我打不进针而懊恼的时候疏导我，劝我不要因为一次失误而气馁，反反复复鼓励我，让我从害怕操作到勇于动手尝试。她会在我对人生产生怀疑感觉坚持不下去的时候，用自己的亲身经历告诉我，为什么人家做得到的事情我们不行，我们不仅要做到还要做好。她会跟我分享有趣的事情有趣的人，对于我这个性格慢热的人，她就这么一遍遍地让我尝试着打开心房，去跟她交流倾诉，去把她当作一个大姐姐而不仅仅是我的老师。慢慢地，实习竟变成一件有趣的事情了。

对于患者，她把每个患者当作家人，耐心地倾听患者的疾苦，并详细解答患者的各种疑问，不辞辛苦，任劳任怨。有时候接触的是一些老年患者，因为老年人听力较差，每次交谈都要大声地询问患者的病情有何变化，还要加倍耐心地与患者解释各项检查结果及用药目的。有时候一个简单的导尿管的注意事项都要与患者讲解两三遍。每次晨间护理回来，我都多少感觉到有些吃力，同时也在心里羞愧自己知识的匮乏。一次值班与老师闲聊，诉说了我的苦恼。老师点点头，说："有时，去治愈；常常，去帮助；总是，去安慰。"临床上能够治愈的疾病有限，但是我们对患者的帮助是无限的，患者生病的时候，心理是很脆弱的，在这个时候，我们要做的不仅仅是正确合理地用药，同时还要给予患者关怀和鼓励，给予他们战胜病魔的信心。老师不仅仅教会我如何执行医嘱，更用行动教会我如何做一名优秀的医务工作者，如何充满热情地去工作、去生活。

记得临出科的一次前夜班，我们下班洗漱完刚打算躺下，一个后夜班的老师急急忙忙跑进值班室，神色匆忙地呼叫刘樱老师帮忙，患者病情突然恶化，心跳呼吸骤停，需要抢救。刘樱老师二话没说叫我穿上衣服就走。因为发生在深夜，所以值班的人很少，就两个护士、一个医生外加我一个实习生。我们推来抢救车戴好手套就投入紧张的抢救中。那是我第一次看到 CPR 在真人身上操作，操作评分标准上所要求的紧迫感，换人按压间隔要短，按压深度要够、频率要快，在那一刻都淋漓尽致地展现出来。一边是紧急的抢救工作，医生开口头医嘱老师们复述执行，我则记录每刻的血压、心率、氧饱和、用药；一边是哭天喊地的家属迟迟决定不了是否气管插管。终于，经过半小时持续的CPR抢救，患者恢复了自主心跳和呼吸，那一刻，真的热泪盈眶。平心讲当初报考护理专业，并不是说我有什么大爱，想救死扶伤之类的，单纯出于为我家人的考虑，想着以后万一家里人生病了我不至于手足无措，除了会哭一无是处。但现在让我感触更深的一点是，我们做的这件事是实实在在治病救人，除了帮助自己的小家，我们还有能力去帮助更多的家庭。就是这么简单纯粹。

实习最后一天，临别的时候我记得很清楚，她就跟我说了一句话：以后遇到困难了，问我就是了。

也许对于老师来说，我只是她带过的众多学生中的一个，相貌平平，资历平平。她永远无法知道她本人所做的这一切，对于我来说，对于一个刚刚迈出学校，生性软弱的我来说有着多大的意义，就像仙女一般牵着我的手带我推开临床新世界的大门。

之后的实习中，我也遇到过很多老师，也被不少老师夸奖过手脚麻利、思维清晰，这都得益于刘樱老师最初的言传身教，以及指导我如何去端正积极的工作态度和培养良好的工作习惯。

“不计辛勤一砚寒，桃熟流丹，李熟枝残，种花容易树人难。幽谷飞香不一般，诗满人间，画满人间，英才济济笑开颜。”在这里我想跟所有的带教老师说一声：谢谢这一年以来的关照。

默默歌唱，努力飞翔

作者：韩洁　　班级：护理学专业2015级滨江1班
带教老师：蒋美琴　　职称：主管护师
所在医院：浙江中医药大学附属第一医院　　所在科室：呼吸科

步入大学时的我不知道以后面临的是什么，说实话很迷茫，对未来也有很多的疑惑。自从见习后，多少对自己的职业有了理解，知道自己以后想要什么。实习的42周对我来说真的很重要，在这段时间里，我需要考虑的事情很多，考虑以后是否要坚持这行；是留在杭州工作，还是回家就业；是继续留在医院工作，还是要转行。自己的事情还得自己决定，父母给我的顶多是参考意见。在这42周里，我真的意识到自己长大了，需要自己考虑事情了，而且父母也尊重我的决定。在这段时间里很感谢蒋美琴老师对我的帮助。蒋美琴老师是我第一个科室的老师，老师具有良好的医德医风，有丰富的临床护理专业知识和经验，护理操作技术规范、熟练，法制观念强，她对我的影响真的很大，她身上有很多东西都值得我去学习，都值得我去努力。

刚开始实习，很多事情都不懂，很多东西都是从零开始的，所以这个时期老师的言行举止对我来说真的很重要，它可能影响我的一生，包括工作态度等。其实护士的工作是非常繁重与杂乱的，尽管在未入临床之前也有所感悟，但是真正进入病房后，感触就更深了。的确，护士的活很零碎，很杂乱，还可以说是很低微的，可是透过多数人的不理解，我们发现，护士有着其独特的魅力。

医院不可能没有护士，这就说明了护士的重要性。医生离不开护士，患者离不开护士，整个环境都离不开护士。老师首先让我熟悉环境、规范礼仪，给我介绍本科室的环境及工作特性、物品摆放与存放处、医院的规章制度、工作的时间顺序安排等。让我严格着装仪表规范，遵守院规科规，严格遵守劳动纪律。因为是第一个科室，所以实习生很多，又因为两个实习生跟一个老师，所以很多实际操作的机会也不能平均分配给我们，但是老师还是会尽量让我们去操作，有机会也让我们去上手，老师给我们讲解的都是她自己的临床经验，不管是扎针技术还是与病人的交流技术。还记得自己第一次扎针的情景，我觉得那种体会多年后依旧会记忆犹新。蒋美琴老师其实就站在我的身后，在进针之前，她会听我们把流程讲一遍，告诉我们一些注意事项，让我们去操作，她不仅告诉我们注意事项，而且在看完操作后她会告诉我们哪里做得不够好，下次应该怎么办、怎么去做，蒋美琴老师真的是很好、很负责任的老师，我很感谢她。

在指导操作的时候她还会跟我说与病人及家属的沟通技术。我的带教老师在临床工作中注意与患者之间保持有效沟通，使在旁边的我们，理解与患者沟通的必要性与重要性，即护患沟通有助于护士了解患者的思想动态、病情及护理方面的问题，有利于患者了解自身疾病及有关知识，积极配合治疗和护理工作。在工作中，尤其是刚开始实习，我是不敢与患者及家属聊天的，一是怕说错话，二是我不知道要跟他们说什么，三是有时候患者会问我一些专业问题而我不知道说什么。后来老师就鼓励我多去聊天，多了解有关患者的知识，而我也努力去丰富自己的理论知识，每天有时间就看书，看患者的疾病信息，了解患者今天的用药，了解药物的作用，后来我能很冷静地面对患者的问题。

老师还注意培养我们观察、解决问题的能力。在护理实践中，患者的病情和心理状态是复杂而又多变的，有时患者病情或心理细微的变化恰好是某些严重疾病的先兆，护士只有具有敏锐的观察能力和经验、分析问题和解决问题的能力，才能及时发现这些变化，采取果断措施，挽救患者生命。我的带教老师会布置观察任务，如患者出现的症状、体征、治疗效果、药物反应、思想动态、营养状态、护理问题及护理措施实施后的效果等，并指导我应该如何进行观察；我必须收集以上资料，提出护理问题，制定护理措施，并在带教老师的指导下实施；老师会及时给予评价。临床教学是护理专业教学的重要环节，是培养我们分析、解决问题能力及临床操作技能的最佳途径之一。通过临床实习，我们可以将专业理论知识应用于解决患者的临床实际问题，为我们以后的专业生涯打下良好的基础。

在实习过程中，我严格遵守医院及各科室的规章制度，认真履行护士职责，严格要求自己，尊敬师长，团结同学，踏实工作，热爱工作。同时，我也能理解家属，正确处理好护患关系，做好解释与安慰工作，减少不必要的误会或过激行为的发生。在老师的指导下，我基本掌握了临床一些常见病的护理以及一些基本操作。在工作的同时，我也不断地认真学习和总结经验，勤于、善于观察患者病情，从而及时地掌握患者的病情变化，做出准确判断。总之，在这段实习的日子里，我学到了很多，也许我的能力有限，但是我用我的努力充实我的知识与技能，希望用我的微笑送走患者，渴望在学习中成长，争做一名默默歌唱、努力飞翔的白衣天使。

我的收获很多很多，如果用简单的词汇来概括就显得言语的苍白无力，至少不能很准确和清晰地表达我受益匪浅。总之，在感谢浙江中医药大学附属第一医院给予我们点点滴滴的收获的同时，我们将以更积极主动的工作态度、更扎实牢固的操作技能、更丰富深厚的理论知识，走上各自的工作岗位，提高临床护理工作能力，对护理事业尽心尽责！

惜之，处处甜

作者：娄梦佳　　班级：护理学专业2015级滨江7班
带教老师：关波　　职称：主管护师
所在医院：绍兴市人民医院　　所在科室：心内科

刚进入心内科实习时，我的心中充满着好奇和懵懂，心电图辨析是逻辑性的抽象思维，对于初来乍到的我有着挑战性，但未知往往是最吸引人的，犹如浩瀚星空，突破便有一种成就感。

接待我的是总带教，她向我介绍了我的带教老师，起初我就对老师有着莫名的熟悉感，也许这就是缘分，亲近的人周围有着不同寻常的磁场。第一天关波老师便带我熟悉环境、物品放置和操作流程，我从懵懂逐渐过渡到了解。当时觉得老师腔调有些怪，性格很直爽，原来老师老家是黑龙江的。第一次遇到东北老师，感到兴趣十足，文静的我与豪迈的老师不知会擦出怎样的火花？

早上准备衣物和床单进行晨扫，关波老师会细心地和患者交流，那东北腔挑逗的患者烦恼都消失了，顺便再带点绍兴话，还都是自学的，语言天赋颇深啊。因为患者讲的是方言，老师有疑问之处，便会让我翻译，莫名让我方言长进不少，也算是本土文化的重拾，就这样在愉快的氛围中结束了晨扫。交班结束后便是测量血压，生命体征看似简单，却可反映病情变化，将异常值汇报给老师，经医生处理后书写护理记录，需要及时复测。

输液大厅配置好的点滴运输上楼后，便是接收和核对，老师会认真擦拭治疗车，将物品整齐放置于车上，推至患者床旁，认真执行“三查七对”，根据实际情况，静脉弹性好的便让我穿刺，主动提供操作机会，怕我紧张便到病房外，过会再进来观察情况，做到了放手不放眼。偶尔我会有失败的时候，老师会在离开病房后认真分析原因并指出我的不足之处，让我有了改进的方向。老师虽然是东北人，但是直爽中带着细心，会委婉地指出缺点，说自己也有很多不懂的地方，可以互相学习，因为这种互相尊重和理解的态度，我有了努力实习的动力，感觉不是孤军奋战，而是两个人格的精进。

记得有一天中午，19 床患者不习惯睡午觉，便出去溜达，我们也没太注意，突然有打扫卫生的阿姨进来说有人倒在了某家属的脚下，老师瞬间起身，将轮椅推至此处，幸好患者只是坐到了地上，老师观察询问病情后，把他抱到轮椅上。这其中也有那位家属的功劳，虽然她与这位老爷爷素不相识，却在关键时刻伸出援手，避免了医疗事故的发生。老师把患者护送至床旁，询问有无不适，老爷爷笑着说是自己不小心，老师趁机进行健康宣教，提高患者的警惕性，心梗患者要避免长时间活动，特别活动无耐力者易发生意外。在老师认真负责的告知下，患者表示理解和配合，原来沟通也可以见缝插针，起到关键作用。

接收新患者是常规流程，如今实行电子病历，有书写规范，老师让我试着尝试，询问疾病史以及相关症状，书写护理记录单，填写各项评估表。由于不熟悉，我动作比较慢，但老师很耐心，并不会催促。填写完毕后，老师会帮我检查并修改，告知哪些地方可以省略和详细描述，为我今后书写提供帮助。在此科实习时正值各大医院招聘之际，我压力比较大，心情难免低落，老师会安慰鼓励我，在下午会请我喝奶茶，缓解紧张情绪。由于白班繁忙，在夜班期间老师会讲更多知识点，将理论与实践相结合，老师很有耐心，让我有问题就问，不要觉得尴尬或麻烦，这让我觉得很安心。实习能遇到好的老师真的很荣幸，顺利考上理想医院也有着老师的功劳，老师的理解和尊重如同阳光照进了裂缝中。

下午需要巡视病房，了解患者一天的病情变化，老师教我怎么与患者沟通并有针对性地进行提问，要根据每个疾病的特点进行提问。记得有个患者也是东北的，老乡有着亲切感，便会聊一些黑龙江的琐事，我虽然未曾去过，但听着引人入胜，想着有空一定要去感受那边的风土人情。有些患者和家属缺乏疾病知识，老师会用通俗易懂的语言进行讲解，与每名患者都能和谐相处。有段时间在CCU，出来后那些患者很想念我们，说这笑声和性格能让他们减轻疾病的烦扰，这让我们很是欣慰，那么多患者认可老师，足以说明沟通带着风趣幽默也未尝不是一种捷径。在老师与患者的交流中，我学会了沟通技巧，也比以前健谈了，笑容看似无言，实则是治愈的良药。

在夜班期间，老师会指导如何辨析心电图，会尽量用直观的方式讲解，结束后会抽查，有些会混淆，无法厘清头绪，老师会耐心指导，直到我理解为止，这真的很难得。即使再忙，老师每天都会抽出时间讲解新的知识点，会回顾旧的知识点，让我不断地累积知识。虽是我只学到了皮毛，但这却是无价的财富，使我今后去别的科室都能得心应手，有付出便有回报，是老师的严于律己、坚持让我每天都有一个提升和进步。在下班途中偶尔会遇到等公交的老师，与工作场合不同，更有一种亲切感，关系变得平等就如同朋友一样，大家互相交谈琐事，听闻老师半夜照顾生病的孩子，白天还是继续上班，敬佩之心油然而生，老师的成功不是一步登天的，而是脚踏实地，干好分内的事，不受外界的干扰，不完成工作不下班。她坚守岗位的精神值得我学习。每一天醒来都是全新的开始。

在心内科的一个月，时光如梭，正是遇到关波老师，让内向的我变得更开朗，正能量的伙伴真的会带来阳光般的心情，也影响着周围的一切，我一定会把这份力量传递下去，在面对挫折和险阻的时候能坦然面对，失之坦然，得之淡然，乐观积极地面对一切，但愿所有善良的人都被温柔以待，相信我们不负遇见。

言传身教

作者：杨思　　班级：护理学专业 2015 级本部 1 班
带教老师：尹梦君　　职称：主管护师
所在医院：新华医院　　所在科室：急诊室

实习 10 个月，遇到过很多老师，我的运气也很好，跟的每个老师都很好。比如闲林同德医院精二科的任慧霞老师，我当时是第二个科室，操作也不熟练，但她敢让我去做。又比如，在新华医院，十一楼的安延景老师，是一个很细心很耐心的老师，从她那里我学到了很多；手术室的蔡斌老师，本以为是冷酷的老师，没想到很温柔也很厉害；ICU 的叶翠老师，操作干净利落漂亮，也很细心；最后一个科室的尹梦君老师，很年轻也很厉害。因为最后一个科室时间距离较近，我就主要写可爱的尹梦君老师吧。

和尹梦君老师上的第一个班是输液室，虽然是最后一个科室了，我在病房打钢针好像还过得去，但是到了急诊输液室就不太行了。紧张，绷皮绷不好，连止血带都绑不好。失败了两三次以后，尹梦君老师一得空就会教我打针的技巧。第一，拿针手法，我的拿针手法是会有一个食指的厚度垫在下面，很可能会造成角度过大，虽然之前也发现过这个问题，但是打针机会不多，就还是原来的拿针手法，现在完全纠正了，觉得现在的手法打得很好；第二，绷皮手法，之前的手法像是做皮试的绷皮手法，很笨拙，尹梦君老师把急诊的绷皮手法教给了我，而且我现在运用得很好；第三，进针位置，我有时候会不考虑患者之后的输液，把针打得位置偏高，老师指出来了。在尹梦君老师的亲切指导下和输液室环境提供的机会下，我的钢针技术突飞猛进。因为一开始技术不太好，尹梦君老师就让我和患者先说声对不起，如果有些人说话太难听就当没听见，最重要的是上班的心情。跟着尹梦君老师以后，我的心态变好了，这是真真切切感受得到的。

尹梦君老师主要上急诊室抢救室的班，别看她年轻，但是做事以及和患者、家属对话都让人很放心。速度很快，技术也好，知识掌握得也好，经常无论遇到什么情况她都会和我介绍讲解。老师平时大大咧咧的，但是做事仔细。记得有一次上前夜班，一个肺炎的奶奶大便解了一身，但是谈好要照顾她的护工阿姨却不在身边，打电话也不接，虽然老师很生气，但她还是很温柔地亲自给奶奶擦身，奶奶很不好意思也很自责地说要等阿姨。阿姨终于出现，老师很生气地说了她，但我感觉阿姨还是很不以为然，真的太糟糕了。擦干净以后，奶奶还是对这件事很自责，有点崩溃状态，尹梦君老师很温柔地说："奶奶，没事的，人都有生病的时候，不需要难过，我们擦干净就好了。"之后老师一直在心理上对奶奶进行护理，看着挺感动的。护士的职业道德要求中最重要的就是关爱患者。这方面言传在前，身教在后，而身教胜于言传。对患者的关心与理解、对患者各种各样的问题与要求的答复与处理，以及与患者的交流与沟通，都是职业道德的体现，而这一切都要靠老师在日常带教工作中潜移默化地影响学生，一件一件的事让学生认识理解并在其行为观念中扎根，成为行为准则。

在一次次患者由痛苦变为微笑而我们由微笑变为疲惫时，渐渐发现，其实天使灿烂的微笑背后隐藏了太多太多！作为一名护士，要具备细心、耐心、爱心、责任心及同情心，要有良好的理论水平与操作技能。在我们急诊输液室，儿童患者会比较多，一个孩子最少有 2 个大人守着，针还没打家属先哭起来，这就要求护士不但要有强烈的责任感，更要有娴熟的扎针技术、丰富的理论知识和稳定的心态。在输液中必须用心研究，仔细探索每个患儿血管的特点，才能真正干好护理事业，提高穿刺输液的成功率，减轻患儿的痛苦。在看到患儿家长由急切紧张转为感激微笑时我深深明白，什么是患者最根本的需求，我们首先该做好什么。坚持以高度的责任心、良好的服务态度为患者提供优质服务，把爱心献给每一名患者，做患者的守护天使，为医院护理工作的推动和发展起一个很好的窗口作用。工作中我们需要经常站在患者的角度去考虑问题，在与患者的接触中多做一些换位思考，多了解患者的需要和担心，多与患者沟通，用我们真诚的心、乐观开朗的情绪去感染患者，拉近我们与患者的距离。

有时候会和老师聊天，尹梦君老师说当时她进医院的时候还能选科室，她觉得急诊自我价值体现得最明显，所以她喜欢急诊，但上了班以后才发现，有时候现实与想象还是会不一样的，这些等我上班后就知道了。

尹梦君老师在要求明确、讲解清晰、确认我能胜任的情况下，鼓励、督促我大胆操作，放开手脚，给我独立锻炼的机会；同时，也会对我的操作进行评价与总结，对操作中出现的问题及时指出并加以解决。进入社会，我从理论知识的学习转向工作能力的锻炼，从课堂学习转向临床工作，更要密切接触患者及其家属，所以尹梦君老师经常与我沟通，包括沟通思想、心理、护理业务、如何对待患者等诸多方面。例如患者对我的输液技术提出质疑，我应该怎么处理；患者询问我她所患疾病要注意什么，会出现哪些并发症，我应该如何回答。我受益匪浅。

一直以来，我都认为自己是一个认真负责、勤快又能干的实习护士，每天的工作都尽职尽责，每一件事情都尽量做到又快又好，但实习中我又觉得，仅凭我一个人努力是不够的，需要一个科室有团队的氛围和共同拼搏才可以。总之，感谢各位老师对我的教导，感谢尹梦君老师的开朗热情感染到了我！

迈开脚步，勇敢面对

作者：梁梦琪　　班级：护理学专业 2015 级本部 3 班
带教老师：谢静　　职称：主管护师
所在医院：浙江大学医学院附属第二医院　　所在科室：血液内科

10 个月的实习生活结束了，时间一晃而过，原本迷茫与无知，如今满载而归；原本忐忑恐惧，现在从容淡定。医学是一门系统而又独立的学科，所有的理论与实践都是整体而又独立的，学与不学完全就是两个世界，所以在这其中有许多困难之处，我们必须更加努力，才能在未来有自己的一片天地。因而十分感谢浙江大学医学院附属第二医院给我们提供了这样好的实习环境和各种优越条件，感谢所有的带教老师对我们的辛勤教导，让我们在踏上岗位之前拥有了一个如此良好的实践机会。

临床实习既是对理论学习阶段的巩固与加强，也是对护理技能操作的培养和锻炼，同时也是我们就业前的最佳训练。尽管实习时间很短，但对我们每个人都很重要。我们倍加珍惜这段时间，珍惜每一天的锻炼和自我提高的机会，珍惜与老师们这段难得的师徒之情。

刚进临床的我们，对医院所有的一切都抱着期待与恐惧，什么都想尝试，但又什么都不敢做。在未正式进入临床前，学校里的老师说过：我们的工作是跟人打交道，所以我们很难，做任何事情都要小心谨慎，帮助他人的同时更要保护好自己。所以刚来的时候我很畏惧做一些操作，总有一种恐惧感，庆幸的是，我的第一个带教老师——谢静老师很热情地欢迎了我的到来，并向我介绍了她自己，介绍病房结构，讲述各班工作，希望我能尽快地融入他们这个团体，适应好这里的一切。她知道我是来临床的第一个月，于是她总是会带着我去患者床边做操作，边做边详细地讲，这样就会让她动作变慢，工作时间变长，但是她从来都没有因为要加快速度而忽略我，让我感到了极大的温暖和被重视感，使我有了一份归属感。她告诉我，在做任何事之前，一开始就要适应这里的一切，山不会向你走来，我们只能自己迈开脚步去走向山，要学会适应，学会在新的环境中成长和生存。

谢静老师是一个工作了将近 10 年的资深护理工作者，经常会讲述她的一些工作经历，希望我能从中受益，少走弯路。我是刚入临床的小菜鸟，应该说对真实的临床工作完全是陌生的，在学校里也只是做一些模拟的训练，扎针抽血等侵入性操作都没有在真人身上试验过。那时候我根本不敢去打针，一开始，谢静老师让我去打个肌注针，她让我先回忆了一整遍操作流程，然后让我向她说一遍，并告诉了我一些注意事项，带着我去了患者那里，当我向患者核对信息时，我感觉患者一直在打量我，好像发现了我是实习生，似乎想说些什么，我觉得他下一句就会说出不要我打，换个人来打。但这时，谢静老师开始和患者聊天，聊一些病情，用眼神示意我继续操作，在聊天中她主动向患者坦白我是实习生，并告诉患者她会一直看着我做操作。她说，她评估过我，我有能力打针，她在安抚患者的同时也在鼓励着我。最后我做完所有的操作，向患者道谢，告诉他我是第一次打针，他说他很荣幸成为我的第一个患者。回去的时候，老师指出了我的问题，肯定我是有能力的，不要担心，有机会练习就要好好把握。

我的第一个科室是血液内科，这里的患者都是比较消瘦的，血管很不好，氛围也挺压抑。所以在这里练习抽血对我们实习生来说很不容易，我经常不能扎中血管，因此感觉自己挺差劲的，连抽血都抽不好，有一段时间很压抑，心情很不好。但是谢静老师一直在安慰我，告诉我这是一个过程，没有人能够一下子就成功的，要靠日积月累的练习，到了一定地步就会有手感，慢慢地就能找到诀窍了。她帮我分析原因，有时是角度太大，有时是绷皮肤方式错误，她手把手地教我，就只差把她的血管给我扎了。她让我不要着急，告诉我说总会学会的。后来，在给患者输液注射时她总是给我练习的机会。她在旁边安慰患者，还夸我会一针见血，减轻患者害怕实习生为其扎针输液的恐惧心理。我知道她在鼓励我，给我信心和勇气，往往此时我都会穿刺成功，她会高兴地对患者说："谢谢你的配合。"转身她会继续给我讲解如何提高穿刺成功率，减少疼痛。很感谢她的帮助，我也很庆幸我碰到的第一个老师是她，我感觉很温暖。

护士的工作是非常繁重与杂乱的，尽管在未入临床之前也有所感悟，但是真正进入病房后，感触就更深了。的确，护士的活很零碎、很杂乱，还可以说是很低微的，可是透过多数人的不理解，我们发现，护士有着其独特的魅力。医院不可能没有护士，这就说明了护士的重要性。医生离不开护士，患者离不开护士，整个环境都离不开护士。与人打交道总会有矛盾，矛盾不可怕，可怕的是不会正确处理。而最厉害的处理方式就是在矛盾发生之前就已经完美解决，正所谓"不战而屈人之兵"，一个微笑、一声亲切的问候，可以拉近医患之间的距离，让患者感受到我们真诚的服务，从而有利于治疗和护理工作的开展；一次搀扶、一声鼓励，可以增加患者对我们的信任感；一次欢送、一句祝福，可以让患者对你心存感激。从事护士工作一定要讲奉献，时刻想着我能为患者做些什么，设身处地为患者着想，急患者之所急，想患者之所想。工作时最重要的就是沟通，沟通能拉近彼此的感情，增加双方的信任。

感谢谢静老师，也感谢所有的带教老师，我很庆幸能在浙江大学医学院附属第二医院实习，更庆幸遇见了你们，让我对未来的自己有了更深层次的认识，我希望以后能成为像你们这样的人。

开放的小花

无声的告白

作者:郑安娜　　班级:护理学专业 2015 级本部 1 班
带教老师:周文君　　职称:主管护师
所在医院:浙江大学医学院附属第一医院　　所在科室:肾内科

医院是一个为满足人类医疗需求,提供医疗服务的专业机构,以及收容和治疗患者的服务场所,在这特殊的场所,我开始了为期 10 个月的实习,这里每天都会发生很多故事,每天都上演着生离死别,我作为一个旁观者,有时也可以算是一个参与者,尽着自己最大的努力帮助他们减轻痛苦,多点快乐。

然而我只是一个刚刚脱离书本,并没有那么多理论实践的一个学生。有时候真的是会发现书本和实践相差很远,这时候需要调整好自己的心态,凡事都要慢慢来,总会习惯,总会熟悉,总会做好,我要做的就是静下心来,事情总会慢慢解决的。这也是自己 10 个月以来最大的收获,也是最想和我的学妹学弟分享的心得。

在浙江大学医学院附属第一医院实习的 10 个月里,发生了太多太多,以至于突然让我写这篇文章,我思虑了很久我该写哪件事情、哪位老师,我要怎么把这件事情润色得更加精彩。其实在医院里凡是有资格带同学的老师都是有一定的专业能力和良好的职业道德的,毕竟他们的行为将直接影响学生对临床护理工作的看法。俗话说启蒙教育非常重要,所以我必须赞扬的是我临床工作中遇到的第一位老师:周文君老师。

我实习去的第一个科室是肾内科，刚开始遇到什么事情都很害怕，不太敢自己动手，尤其是出现在患者的面前，有点胆怯。周文君老师知道这样是万万不行的，她跟我说如果你真的害怕自己做不好，那你就多练习，总是会学会的。她带着我去打开了治疗室中的小抽屉，那里面有很多可以练习操作的模型，在这样的练习中，我很快就上手了，患者也能够很好地接受并信任我。我的第一次肌注、留置针、化药、微泵……都是在周文君老师一步步耐心教导之下学会的，周文君老师可以说是我的第一位老师，肾内科也是我学得最多的一个科室。

在我刚刚熟悉这个科室的工作流程，有点明白一些道理时，上天似乎也为了考验我和周文君老师给了我们一个不小的挑战。那天我和周文君老师的班上来了一名患者，是一名消化道大出血的患者，从急诊转来的，患者来的时候情况就很糟糕，感觉已经有点烦躁，一看就是失血过多马上要休克的样子，嘴唇也是苍白的。我的老师冲锋在前为患者开通静脉通路，抽血检验，然而该患者的情况比想象中的还要糟糕，血管都几乎全部干瘪，要开通两条静脉通路已经非常难了，更糟糕的是患者的血压也一直往下掉。情况紧急，老师们把抢救车推进了病房，这是我第一次经历这样大的场面，此时周文君老师交给我一个任务——记录生命体征。我顿时有一种参与了抢救的感觉，也意识到自己是一分子，哪怕是微不足道的力量，也要认真谨慎地完成。

在记录生命体征的时候，我的双手一不小心被患者抓住，我也不知道他是无意识地抓住我还是……但他真的抓得很用力，似乎用尽全力告诉我们他很痛苦，让我们救救他！一开始我想挣脱他，后来我不忍心，患者其实是在向我们告白，向我们无声地诉说自己的痛楚，向我们告白“让我不要那么痛苦了，救救我吧”。我选择给他一只手，希望能够减轻他的害怕，给予他战胜病魔的信心。

那天我们工作到很晚才下班，本应该 17:30 就下班的普通白班，我们上到了 20:30，好在我们还获得了其他老师的帮助，否则我们可能会更迟下班。

起初我的心里有些郁闷，因为下班真的太迟了。可是我转念一想，在我的周围有那么多在临床拼命奋斗、无私奉献的老师，她们还有自己的家庭，比我这个单纯的身份——学生，要复杂得多，可是她们无怨无悔，她们也在用行动向护理这个行业告白。她们每天都用最灿烂的笑脸面对患者，不管她们自身发生了什么事情，她们也绝不会把自己的情绪带到工作上来，几十年如一日。我真的不知道自己能不能做到这一点，但我也要向我的老师们“无声告白”，这“无声告白”的最好方式就是我也要在临床上坚持热爱护理工作，坚持每天用最好的笑容为我的患者带来快乐。

护理之道，世代传承

作者：潘洁　　班级：护理学专业 2015 级滨江 4 班
带教老师：陈芳　　职称：主管护师
所在医院：浙江大学医学院附属第二医院　　所在科室：急诊科
带教老师：伍彬彬　　职称：护师
所在医院：浙江大学医学院附属第二医院　　所在科室：中医康复科

四年的大学时光快要画上了句号，曾经还背着书包走进课堂的好好学生，如今已经踏上工作岗位。离开了传统教书育人的老师，我们面对的是比我们有经验的护理前辈。进入每一个科室，总有一两个带教老师对我们解囊相助，她们传授我们经验，指出我们的不足，平时又坐在一起聊八卦、谈人生，一起吐槽大学的趣事。有些带教老师比我们大不了几岁，有着同样的兴趣爱好，她们更像是我们的知心姐姐，跟我们一起谈心，倾听我们在实习生活中的各种委屈和不满，帮助我们解开心结。但也有些带教老师工作了十几年，积累了丰富的临床经验，在她们身上，我们能学到很多操作知识和技能，会被她们训练得像她们一样有条不紊，雷厉风行。不同的带教风格带给我们不一样的感受，我们可以从各个方面学到不同的知识。

第一天在急诊科上班就真正见识到了急诊的“急”。那天早上，我跟着两位预检分诊的老师为前来就诊的患者分诊。早上八九点的时候人流并不太多，但也有患者前来，简单地询问并测量生命体征后就迅速安排患者就诊。快接近中午时，患者越来越多，忙碌中，护工大伯推来一名坐在轮椅上的意识不清的老人。在我大声呼喊并轻轻拍打老人后，他依旧没有任何反应。老人的脸色蜡黄，毫无生气。我觉得他的病情肯定有些重，需要提前就诊。总带教陈芳老师走了过来，只是简单地呼唤后便迅速将其推进了复苏室，出来后便告知我们老人是心搏骤停了，让我马上去协助心肺复苏，我的心当时就惊了一下。这是我第一天在急诊室上班就遇上的需要心肺复苏的患者，同时这也是我第一次在真人身上按压。与按压模型的感觉完全不同，整个人很吃力，因为床太高而踩脚凳太矮，着力点不好控制，外加其他抢救措施，患者的身体一直在被动运动，基本上按压一两分钟就要换人。所以复苏室挤满了前来帮忙的医生和护士，总带教老师一开始先寻找患者的静脉，在综合评估穿刺成功率和静脉条件后，果断放弃并采用了一种新技术——骨髓腔通路。只见她掏出一套电钻一样的工具，在患者的腓骨上熟练地消毒后，就垂直地往骨头上钻，紧接着掏出钻头里面的内心，接上补液的盐水，保证药物治疗的进行，整个过程不到5秒，患者的静脉通路开通了。与此同时医生也在最短时间内为患者气管插管，连接呼吸机。经过半个小时持续不间断按压后，患者恢复了窦性心律。

抢救结束后，陈芳老师问我参与此次抢救的感受，并且告诉我其实这种患者一推来就需要心肺复苏了，因为那时患者已经意识丧失，抢救流程中下一步我们就需要呼救，评估颈动脉搏动和胸廓起伏，若丧失就要立即进行CPR，但当时我接到这个患者时完全没考虑到这一方面，理论和实际脱节了。亲身经历了一场需要心肺复苏的抢救，不禁感慨急诊科的突发情况之多，也对陈芳老师及全体急诊医护人员的处理能力和娴熟技术产生由衷的敬佩。

另一位是中医康复科的伍彬彬老师，中医康复科没有其他科室繁忙，我的带教老师也是一位工作四五年的护师，她比我大不了多少，我们经常坐在一起畅谈。伍彬彬老师在我跟着她的时候是大肚子，怀孕已经5个多月了，但她依然跟其他护士一样继续工作着，每天早上和我一起去为患者挂盐水，打营养神经的针。有患者的呼叫铃响了，她会第一时间起来去查看情况，和患者的关系处得十分融洽，他们都亲切地叫她彬彬。这点我真的感触很深，伍彬彬老师是我所有带教老师中对待患者态度最好的一位，每天都是微笑地面对患者，热情接待新入院的患者，每一次随访电话也都是细致地询问患者在家时的康复情况，督促按时吃药、定期复查。虽然怀着孕，但这依然不影响伍彬彬老师对待工作认真仔细以及利索的作风。可能她不如其他高年资的老师有经验，有更加专业的医学知识，但她对待患者的关心和热情却是我在其他带教老师身上很少看到的。

作为刚刚离开校园的职场菜鸟，我们对外面的工作环境充满了紧张感和压力感，我们不知道如何处理与患者之间的关系，如何无差错地做好每一项操作，如何调整自己受挫折时的情绪。我们需要一位经验丰富的领路人来指导我们建立地基，确定方向。带教老师往往就是我们的职场导师，她们会帮助我们完善每一项操作，告知我们关于各种疾病患者的护理要点、临床与课本的不同，要将理论与实际结合起来。有幸能成为浙江大学医学院附属第二医院的实习生，在此之前早已听闻浙江大学医学院附属第二医院的大名，在这家拥有百年文化底蕴的医院，有来自全国各地的优秀学生，我们慕名而来，有着差不多的学习成绩、几乎相等的起跑线，激烈的竞争环境促使着我们需要更加努力地学习优秀的护理知识。岗培的时候，老师说过我们每个人刚进医院就像一张白纸，现在所养成的习惯将会伴随我们的一生。我们需要严格规范操作，注重“三查七对一注意”，牢记慎独。我们医疗工作者是与生命打交道的最后防线，始终要把患者的健康放在我们工作目标的首位，关心、尊重、同情患者，用过硬的技术赢得患者的信任，不断吸收并传承历届前辈的经验。

短　途

作者：江慧敏　　班级：护理学专业 2015 级滨江 4 班
带教老师：骆玉萍　　职称：护师
所在医院：浙江大学医学院附属邵逸夫医院　　所在科室：普外科

从小暑走入谷雨，10 个月左右的时间，经历了从炎炎夏日带给我们的热度到如今的凉凉细雨，说不出的惆怅，说不出的味道。似乎转瞬就让我们走过了这个阶段，走过了即将完成的这一步。时常听到人们说：不要留恋太多的过去，要冲向未来，看向明天，但我觉得我的过去是值得被珍藏，能够时不时地拿出来怀念的。人生总会有不同的风景在身边掠过，但我知道这些风景会有各种影子在我脑海里留存。

当我们读了一本又一本的书籍，听了各位任课老师的每一节课程，我们明白了书中的医学、护理；当我们走向临床，正如“实践是检验真理的唯一标准”，我们真正地了解与体验到了临床护理。

从 7 月进入临床，正如一棵幼小的树苗，孱弱却又充满生命力，接受着不同程度与内容的营养浇灌，让自己能够逐渐吸收到精华。

初入临床的我，不同的情绪相互交织在一起，既兴奋又紧张。回望这些日子的实习生活，在每一个科室的轮转中，既对每一个科室的护理工作充满期待，又对即将面对的新环境以及新人群感到紧张，就在这些情绪下我开始了我的临床护理工作。

9月我在普外科，在这里我经历了很充实的一个月，我能够感受到自我能力有了很大的提升。刚到科室的时候，教育护士询问我需要一个怎样的带教老师，鉴于想在临床上学习更多的专业知识和技能，我提出的是“严格的”。就这样我遇到了我在普外科的带教老师骆玉萍，也是她更让我知道了身为一名带教老师以及护士需要承担的能力和责任。

初次见到她，我就感觉很温暖，或许是年龄相近的原因，和她相处的那些日子感觉就好像一位姐姐在带我学习、带我成长。如果说人生会有哪些时刻，让你体会到正经历的时光是你一辈子都不想遗忘的，那我想让普外科的这些记忆永远地留在我的脑海里。

在进入这个科室之前，听说过在普外科你会过得很充实。等我真正地进入后才发现确实是这么一回事，这一个月过得很饱满。在科室里很多患者都做过外科手术，因此对他们的护理有更多的要求。我刚进科室的时候对很多内容都不了解，因此第一天老师就带我了解需要掌握的内容以及常见的管道。和骆玉萍老师搭班的每一天我都能学到很多的知识，她会在我进行操作前给我鼓励，让我更有信心，会让我独立思考问题，会在她的照看下让我“独自”照顾患者。

在普外科，有一个大出科，说实话我很忐忑也很紧张，虽然以前接触过类似的大查房，但这是真正意义上在病患身上进行的操作，目的是检验我们对他们的了解程度。正如上文所说的普外科是一个很繁忙的科室，当时护理查房的日子恰好是我连续上班的日子，因此也没有更多的时间来准备，那时的我就更加慌张了。我将自己初步的护理查房内容发给骆玉萍老师，她帮我整理好后发还给我，虽然这是每个老师都会做的，但当时的时间已经很晚了，她仍旧及时地给我改好，并且提出了我需要注意的每一个要点。总之，当我看到那份改动好后的文件时，我真的很感动，也很感谢老师。

还记得有一次在护理一个患者时，根据病情需要给患者输入血浆，我按照常规时间点为其测量生命体征，观察病情变化，关注她的主诉，发现患者出现心律不齐且有胸闷的表现，当时我马上汇报给带教老师。老师也及时观察了患者的情况，评估完之后立即报告给医生，遵医嘱进行相关的治疗。当时看着老师对患者进行的一系列操作，我更加体会到护理工作的重要性，也明白我们肩上所承担的责任是重大的，在平时应更加谨慎和慎独。在结束之后，老师也和我讨论了为何会出现此类现象，在这种情况下我们需要怎么做，以及需要如何处理。

回忆那个 9 月，我想到的是种种和老师学习的日子，想到了她会在下班后给我开“小灶”，让我能够更多地了解科室的专业护理知识，让我能够更早地上手；她会在只有我一个人测量整一个病区生命体征的时候帮我把我们负责护理的那些患者测量好，减轻我的工作量。

在实习过程中，每一位带教老师对我们都是很照顾的，不管是在生活上还是工作上都及时地帮助我们，让我们能够尽快走出迷茫区；也是因为各位带教老师向我们表达了真诚与爱，所以我们才更多地向病人展现我们的真诚与爱。

同时，实习阶段也是一个很好的机会，在这个阶段我们有更多的时间与患者交流，关爱患者，了解他们内心的不安与焦虑；在这个阶段我们能够更多地学习该如何以一个正确的方式方法和他们相处，为自己今后的工作模式养成一个良好的习惯。

正因为从事护理工作需要具备特有的品质，所以我所遇到的每一位带教老师都能让我很好适应，让我能够在一个舒适的氛围里更好地学习专业知识、专业技能。每个科室都是繁忙的，很多的临床护士老师往往在下班后还要处理一些临时的事情。究竟是什么支撑着护理人对这份工作的热忱？我想这应该是每一位护士对护理工作无私的奉献，以及对这份职业的热情和爱。

回想起那 10 个月，其间，有劳累过，有为成功完成一项操作而欣喜过，有看着躺在床上疼痛的患者而难受过，有在想自己进入这个职业是否正确过。但看到临床上的每一位老师，看到她们坚守在临床的第一线，我觉得这件事似乎也没有那么难，只要坚持初心，我想未来的每一天都是美好的。

落日的余晖洒在河面上，波光粼粼的水波讲述着一个又一个的故事，将你我一起叙述。终究每一段故事都会成为过往，留下微波荡漾。

遇见·再见

作者:倪佳燕　　班级:护理学专业 2015 级本部 3 班
带教老师:林雪洁　　职称:护师
所在医院:浙江省立同德医院　　所在科室:老年科

如果说每一次遇见都是一个故事,那么遇见同德,遇见林雪洁老师,一定是一个温暖而又有趣的故事。

第一次遇见林雪洁老师,是在春天,4 月,一个万物复苏的季节。这也是我实习的最后一个科室——老年科,一个听起来没有丝毫朝气的科室,生活总是这样,充满矛盾而又合理地存在着。而我,到了实习最后期,一方面是兴奋和期待,另一方面是疲惫与抗拒,怀着这样一种复杂的心情我开始了实习的最后一站。

我们的第一次碰面是在护士站,我显得拘谨而又无措。总带教老师把我带到林雪洁老师面前简单介绍了一下,林雪洁老师只是回头看了我一眼,说:“我在填每日评估,你先去治疗室熟悉一下环境,也可以去病房看看患者,了解一下患者的情况。”我心里咯噔一下,觉得老师是一位高冷且不热情的人。第一天到新科室的不适应让我瞬间无所适从。完成一系列的入科任务后,我跟着其他老师简单了解了老年科的布局以及护理老年患者所需要注意的地方。第一天就这么平淡无奇地过去了。我和我的带教老师没有进行过多的交谈,更没有进行深入的了解,我仅限于知道了自己的带教老师是哪位。但在后来三个星期的相处中，我发现林雪洁老师既是一个热情的、关心患者的、非常负责任的护士，也是一位有趣的、专业的、关心学生的老师。

其实现在回想我的实习生涯，平淡是主旋律，偶尔夹杂一些惊险、感动以及愤怒。老年科也是一样，对我来说甚至算是过于平淡，没有遇到病情特别凶险的患者，也没有无理取闹的家属，更多的是每天按部就班地做一些基础的护理及工作，但其实我学到了更多的东西，其中林雪洁老师给了我非常大的帮助。

最后一个科室的实习对于我来说起到了一个承上启下的作用，既是对我前面 9 个月实习的总结及考核，也是为我几个月后独立工作做准备。林雪洁老师总是和我说，要试着把自己当作一名独自当班的护士，而不是一名实习的同学，要对自己有更高的要求，更要完善自己的专业知识。我本身算是一个没有自信，做事也比较缩手缩脚的人，林雪洁老师总是鼓励我要相信自己，在不违背操作原则的前提下放手去做，要敬畏犯错，但不能害怕操作。正是老师孜孜不倦的鼓励以及不断给我尝试操作的机会，让我不但在操作技术上有了提高，也让我信心大增。

人往往都是这样，越是到最后越是沉不住气，我也不例外。实习过程接近尾声，反而越来越浮躁，保持了 9 个月的平静似乎已经按捺不住，“想立马结束实习、想出去玩”这样的想法穿破最后一层薄膜喷涌而出。或许林雪洁老师感受到了我的浮躁，总是语重心长地跟我讲即使到了最后一分钟，也要站好最后一班岗，对自己负责，更要对患者负责。没有过多的责备，更没有视而不见，而是润物细无声的关怀和劝诫。而我也渐渐恢复平静，不再每天计算还有几天结束实习，脑海里总是回想老师说的“要有责任心，担负起自己身上的责任”这句话。现在想来，在临床工作中，最忌讳的便是心不在焉，一不留神、一不谨慎就容易发生护理差错甚至医疗事故。林雪洁老师总会不经意地拉起我松懈的那根弦，带我顺利度过实习期。

老年科的病房与其他科室不同，大多数都是阿尔茨海默病的患者，由于患者的特殊性，需要封闭式的管理，且没有家属的陪护。对于我们来说，病房仅仅是病房，但对于患者来说，那条长长的走廊，那个并不十分宽敞的活动室却是他们所有的活动空间。对于卧床的患者来说，那张窄窄的病床，便是他们的全部。对于阿尔茨海默病患者，他们中间绝大部分人或许不认识任何人，或许他们会胡言乱语，甚至有可能出现冲动现象，但我们作为护理人员，必须要给他们应有的尊重以及人文关怀，每次操作前向患者问一声好，即使他们听不懂我们在说什么，也要耐心地和他们解释操作的目的。这一切或许在别人看来都是徒劳，甚至觉得没有意义，但林雪洁老师却很严肃地和我说这一切都非常重要，作为护理人员，要做的不仅仅是挂盐水、做治疗这些纯技术且显得没有温度的机械性操作，更要做一个有温度的护士。我们简单的一个问好、一个微笑就能让患者感受到他们是被尊重的。在实习之前，课堂上老师总是会强调面对患者要做好人文关怀，对此我总是嗤之以鼻，不就是人文关怀嘛，这么简单的事至于再三强调吗？但真正到了临床，我才意识到，要百分百做好这一点实在是不容易。特别是刚刚接触临床工作的我们，往往更在意的是如何打好针、如何做好治疗，其他的早就抛在脑后。而林雪洁老师，却真正做到了对每一名患者做好人文关怀，也时常提醒我要将患者放在首位，即使是卧床患者，同样要把他们的感受放在第一位。

三个星期说长不长，说短不短，我结束了老年科的实习，这也意味着我整个实习生涯已经结束。在老年科实习期间，我感受到的便是林雪洁老师无微不至的关怀，在上班期间，她会认真传授我知识和操作技术，面对我提出的问题还会查资料给我认真解答。休息期间，她会孩子气地和我说："你饿吗？我去'偷'点东西给你吃。"林雪洁老师对我来说，不仅仅是老师，更像是一位朋友，她时常会开导我，消除我的不安和焦虑；她也会经常鼓励我，让我对自己更加充满信心。

每一段故事都会结束，我和林雪洁老师也一样，三个星期之后，我们便要说再见。但是我觉得，对于每一段美好的遇见，即使说再见也不伤悲。

生命有限，服务无限

作者：汪月　　班级：护理学专业 2015 级本部 1 班
带教老师：蒋华杰　　职称：护师
所在医院：杭州市第一人民医院　　所在科室：儿科

教诲如春风，师恩如海深。10 个月的实习生活在不知不觉中悄然流逝，这期间，轮转过许多科室，遇到各类不同性格的老师，也从老师们身上学到许多东西，促进自身各方面的成长。

师者，传道授业解惑，在过去的多少个日日夜夜里，呵护我们成长，引领我们穿过人生的迷雾。您是辛勤的园丁，身边簇拥着生机勃勃的花蕾，可谁能知道百花盛放时黯然憔悴的您；您是蜡炬春蚕，可蜡炬照不出您的无怨无悔，春蚕的银丝显不出您的鞠躬尽瘁。年复一年，日复一日，同学走了一批又一批，唯一相同的是他们都见证了您的辛劳、您的敬业、您的职业精神。

时光荏苒，忆起与老师的第一次见面是在一个阳光和煦的冬日，见到老师第一面时心里在想，这个老师这么年轻啊，后来知道她已是两个孩子的妈妈。她当时正坐在电脑前写交班，然后她边写交班边向我介绍儿科的日常工作以及需要注意的事项，介绍完让我先去熟悉一下科室的环境。她，从踏入社会的那天起，就把自己的命运交给了护理事业，在护理岗位上兢兢业业十几年，从青春飞扬到沉着稳定的她，这期间经历过许多不为人知的磨炼、努力、拼搏。

她，工作严谨、耐心、细心，每次操作都会向我讲解注意点，应该如何做得更好，每次查房都会带上我，耐心地倾听患者的疾苦，并详细向患者解答各种疑问，也会耐心地解答我的疑问，不辞辛苦，任劳任怨。从老师那里学到的，不仅是如何做好操作，更多的是学会了如何做一名优秀的医务工作者。

记得一个周末下午，大家都忙于各自的工作时，突然病房里传来一阵阵孩子的哭声。刚开始没人注意，想着大人在旁边哄着一会儿就不会哭了。但是接着感觉不对，小孩子的哭声一直存在，旁边似乎也没有其他声音。老师立刻赶到病房，发现就一个一岁左右的宝宝坐在床上哭，周围没有其他人，整个病区找了一圈也没有发现宝宝的家属。宝宝哭得厉害，无奈之下，老师把宝宝抱到怀里来到护士站继续工作，同时打电话给家属，原来宝宝的外婆在照顾宝宝时不小心发高烧了，宝宝的妈妈趁着宝宝睡着之后带着外婆去门诊看病了，接到电话后立即赶回来。这期间宝宝一直在哭闹，大家就互相换着哄宝宝，把他抱到医生办公室照顾，直到家属回来，老师也松了一口气，继续投身于工作。她，是爱的天使、生命的天使，不怕脏不怕累，冲在拯救生命的第一线，没有生物钟的作息规律，在夜深人静的时候巡视病房，每天重复着相同的工作，似乎不知疲倦，总以精湛的技术、饱满的工作热情、高度的责任心、良好的心理素质为患者提供优质的服务。

冬日，是感冒最嚣张之时，我的老师也逃脱不了感冒的魔爪，每天到岗之后就戴着口罩上班，避免传染给患儿，下班之后才摘下口罩透透气。每次看到她那苍白的面色、憔悴的神情，听到她那嘶哑的声音，就觉得心疼，但是没办法，人手本来就少，不能不带着病上班。到了夜班的时候，她的感冒症状不但没怎么减轻，还加重了，但她依然坚持到岗，一瓶热水，支撑到凌晨。她对我说感觉胸闷很难受，让我打起精神好好注意病房的情况，自己默默去吸氧，但每隔一会儿就会从治疗室里探出身子看看外面的情况，不到半小时，又撑起身子拿着手电筒去了病房里，直到交班结束才得到较好的休息。

在儿科第一次进病房给宝宝做口腔护理，第一次给患儿挂盐水，第一次给患儿排痰，第一次给患儿做雾化，第一次给患儿吸氧，第一次给患儿喂药，第一次化药，都能在周围看到老师的身影，或在我身旁，或在门边，或在走廊，她的眼光始终跟随着我的动作在动。结束后，她会指出我的不足之处和需要注意的地方，或让我自己思考还有哪些需要改进之处，有没有更好的方法去操作。坚持“放手不放眼，放眼不放心”，给予我们实践机会的同时对我们保持高度的关注，并给予及时指导。

儿科，是一个特殊的科室，这里有着各期年龄的患儿，因此他们的心理反应也有所不同，我们需要仔细观察并给予不同的对待；儿科的孩子用药量小，稍有不慎，就很容易在药物剂量上出错，因此需要更加仔细认真核对；还有一点就是患儿年龄小，不能正确表达自己的感受，需要我们细致地观察患儿的病情变化，要勤于巡视患儿，以便能及时发现问题。对待生病的孩子，我们要更加有耐心、细心、爱心和宽容心。即使时隔已久，老师教导的话语依然在脑海里回旋。“路漫漫其修远兮，吾将上下而求索”，未来或许有许多坎坷与艰辛，但只要挺直腰杆，无畏向前，坚信翻过大山之后就是迷人的风景。

师恩如山，因高山巍巍，所以使人崇敬；师恩亦如海，因大海浩瀚，容纳百川。一直有这样的人，无私地奉献着自己的爱心、热情。因工作关系，与老师细谈的机会不多，但是她用行动教会我如何去工作、去生活。她是母亲，她是天使，她是一名党员，有着母爱般的无私与奉献，有着阳光般的温暖与璀璨，更有着提灯女神般的慎独与敬业尽责。

这段经历，难能可贵；这些回忆，值得珍藏；这些收获，是成功路上的每一个小小的进步。

一朵小花，灿烂开放

作者：陆佳宁　　　　　　　　班级：护理学专业 2015 级滨江 3 班
带教老师：王玲巧　　　　　　职称：主管护师
所在医院：杭州市第三人民医院　　所在科室：普外科

我在普外科待了一个月，一个月的时间过得飞快，虽不如白驹过隙，但感觉也只是一瞬的事情。在普外科，带我时间最长的是王玲巧老师，她看上去挺年轻的，但双手却布满了岁月的痕迹。相处的时间里，我们彼此了解对方，老师是个活泼的人，怎么说呢，就像是邻家的大姐姐一样，有时候走路蹦蹦跳跳，跟患者讲笑话，有时候会暗自发牢骚，抱怨不满。面对患者，总是以真情对待对方，所以与主管的患者关系很好，大家偶尔还会开开玩笑。作为护士，最重要的是交往方式和沟通，护士和患者不仅要面对面交流，还要心与心之间回应。有时候我与某个患者碰面时，我会点头表示打招呼，患者也会点头回应，久而久之，我们就会搭上话。到最后，患者出院时，我们也会依依不舍地道别。那个时候，我们不再是护患关系了，感觉像是朋友。护士须认真地做好每一件事，无论巨细。就像一朵小花，不必去扮演春天，只要灿烂地开放，自能报春。

谈到王玲巧老师，想到的是她的负责和亲近。脸上带着笑容的人是很容易被人所接受的。刚到科室的时候，我还不知道我的带教老师到底长什么样，严厉不严厉，我喜欢那种容易沟通最好还带有幽默风格的老师，对一脸严肃的老师我不知该如何交流。当我见到王玲巧老师时，运气还不错，我对自己讲，这个老师看上去还很和蔼可亲，瘦瘦的脸庞架着黑框眼镜。没想到接下来她伸出手来做握手状，“同学你好”，脸上还挂着笑容，此时我就知道在科室里的日子一定会很开心。有个患者，怎么说呢，就是浮躁，因甲状腺肿大压迫了气管，她的呼吸有点急促，气喘不上来时整个人都想发脾气，对医生和护士的态度都不是很好，连护士长都觉得有些难受，虽然面对患者时脸上仍带着笑容，但是暗地里也时不时对我们发牢骚。患者脾气一上来，就会不配合治疗，还会乱吐痰，搞得地板上都是白色的黏液，阿姨都打扫了好几次，后来阿姨都懒得动拖把，说“等她吐完再一次性解决”，但这样子房间就十分难看，家属也不开心，就到我们护士站来发泄情绪。这时候我们老师就出马了，面对这样的患者，老师其实也是不想管的，搞得自己情绪也不好，但过不了这关，就难以应付更难的患者。首先老师拿过阿姨的拖把，亲自上阵，把患者的病室拖了个遍，等到患者消停的时候，老师对患者介绍自己，再温柔地问患者不舒服的地方，我不在现场，所以也不清楚她们讲了什么。反正听老师讲主要是安慰再加上鼓励，告诉患者这样发脾气也不能解决问题，如果好好接受治疗，把这肿大的甲状腺切除一部分，呼吸很快就会顺畅起来。患者一开始也表现出不满，这她也是知道的，但现在难受没有办法。老师只有不断安慰，然后告诉患者一些成功的案例，患者听了之后心情也好了许多。另外，老师跟主治医师交流，希望将患者的手术提前，早点让患者减轻痛苦。在老师和医生的共同努力下，患者在第二天早上早早地就被送入了手术室。送入手术室后，老师也是松了一大口气，毕竟患者也难受，而老师自己也被事情搞得头昏脑涨。下午的时候，患者手术完成回到了病房，老师接上早已准备好的心电监护，仔细听手术护士交接完后，也是暗自松了一口气。接下来就是等待患者苏醒的时候，在患者麻醉还没清醒时，王玲巧老师就已经制定好了接下来的护理措施。主要还是担心患者的术后反应，对手术不满意等。幸运的是，患者苏醒后也没有任何的不适，除手术本身带来的疼痛外，患者表示非常满意，对待我们和医生的态度也好了许多。手术后的那几天，我每次去帮忙做操作的时候，看到患者的脸，患者都会回报以微笑，这时候我也会微笑相对。患者恢复得很不错，出院前亲自向老师表示感谢。只有经历过的人才会明白其中的苦涩，患者被疾病折磨，将气撒在护理人员身上，而我们也只能将气吞下，有苦说不出来，但因为我们是护理人员，用微笑去接待患者才是重点，让患者舒服，我们的所作所为才有意义。

其实护士作为一个帮助者，有责任使护理工作达到积极的、建设性的效果，甚至起到治疗的作用，护患关系也就成为治疗性的关系。治疗性的护患关系不是一种普通的关系，它是一种有目标的，需要谨慎执行、认真促成的关系。由于治疗性关系是以患者的需要为中心的，因此除一般生活经验等因素有影响外，护士的素质、专业知识和技术也将影响到治疗护理过程中的护患关系。在这方面老师给我做了一个好榜样，现在回想起那时的情况，如果是我，我会怎么做呢？也许我会不再理睬那个患者，又或许我会情绪失控，与患者发生争执。现在想想，只有像老师那样经历过这些事件的人，才能用合理的方式解决问题。

护士工作中往往一句话，能够反映出一个人的修养；往往一个动作，能够反映出一个人的气量；而一件小事，就把医院的形象展现在了患者的眼前。用心护理每名患者，不仅需要丰富的知识、娴熟的技术做基础，还要有一种良好的心态和真心照顾与理解患者的心。

给可爱的你们的一封信

作者：郦美铃　　　　　　　　　　班级：护理学专业 2015 级本部 5 班

带教老师：刘蓓，陈晓运，刘莹莹，程默，刘佳莹，Lucy，李实

所在医院：杭州市妇产科医院　　　　　所在科室：分娩中心

可爱的老师们：

你们好！

如果说大学三年我们的目光触及的大多是站在讲台上讲着 PPT 的老师，那实习的这 10 个月就是站在身边的你们，正是可爱的你们，让我们顺利度过实习生活，也是可爱的你们，让我们不断进步，不断成长。

杭州市妇产科医院自带温暖感，在这里每一位妈妈都带着期待带着希望，尤其在分娩中心。作为第一批助产方向的我们，来到分娩中心这样“第一线”的科室，兴奋伴随着害怕，很开心我们在这里遇到很多优秀的你们，亦师亦友，潜移默化，见证宝宝的平安到来让夜班中疲惫的我们内心充满幸福感和成就感。两个月前两个月后，可以说我们发生了蜕变，我们的理论基础、操作技能有了提高，心理素质发生了很大改变。

在分娩中心，我加入了你们的小团队，这是一个包括我在内的八人小组，我们一起奋斗，一起吃夜宵，一起睡觉，一起出去玩，一起过生日，我产生很强的归属感——我们是一个团队！

外班的工作是烦琐复杂的，就像是小型的病房，除了临床护理工作，还需

要满足很多妈妈减轻宫缩疼痛的诉求。刘莹莹老师您是一位很认真而且很真诚的老师。在您的帮助下，我开始学习如何提高留置针穿刺的成功率，从怎么选择和找到血管，到从什么角度进针，再到如何把握退钢针推软管的时机，老师您一步一步耐心地教导着我。学会查宫口在分娩中心是很重要的，消毒、检查，更多的是保护隐私感和需要给准妈妈们鼓励，带给她们信心。我第一次触碰到宫颈口的时候，就感觉摸到的只是一团肉，甚至由于胎头比较高，什么都没有摸到。而且由于我好几次错误判断宫口所开程度，有段时间我特别抗拒进行这项操作。很幸运，我的害怕被程默老师发现，您鼓励我一旦有操作的机会就要自告奋勇地上前，您看出了我的逃避，就带着我查宫口并在我说出自己的判断后，不论对或者错，程默老师都会很高兴地说：有进步，下一个再试试。这让我渐渐战胜了自己的不勇敢，多次操作实践后，我终于可以正确判断宫口大小并进行下一步护理措施了，很自豪，很骄傲。

在整个分娩的过程中，由于胎头下降压迫膀胱，妈妈们常常感觉不到尿意，但实际上她们的膀胱已经很充盈了，有时还会阻碍胎头的下降，这时候需要帮妈妈们导尿。在做完导尿操作后，我知道自己做得不好，程默老师把我叫到一边，语重心长地跟我说："美铃，导尿是一个侵入性并且无菌的操作，整个操作过程中你的无菌观念需要大大加强……你回忆下刚才自己哪些步骤没有做到这一点?"我意识到了自己的问题，我只是单纯完成了导尿这件事，但是整个导尿的操作是失败的，在这个过程中，我违反了无菌原则。完成一天的实习后，我看书看相关视频进行学习，并进行反思。当产科老师夸奖我时导尿操作时，我很高兴，感谢程默老师给我的帮助。

最开心的就是上台接生了，直到现在我都觉得，只要母子平安，我们无论再辛苦，一切都是值得的。我的第一次上台接生是和陈晓运老师一起完成的。老师是一位年轻优秀的助产士，而且很愿意让我们尝试。虽然前面已经复习过相关上台接生知识，但真正站在台上时，我还是诚惶诚恐。第一次鼓励妈妈什么时候用力、用多少力气、什么时候放松、怎样放松，第一次控制胎头出来的速度、保护会阴体，第一次帮助宝宝俯屈、内旋转、外旋转，第一次看到搏动的脐带，第一次帮助妈妈娩出胎盘，第一次感受到托在手心里的生命的力量……是陈晓运老师给了我作为助产士的成就感，那一天，我哭了，就那么脆弱地哭了。

还有刘蓓老师、刘佳莹老师、Lucy老师以及可爱的李实老师，您们都给了我很多的鼓励和支持。未来的路才刚刚开始，未来的路还很未知，但我庆幸自己曾经遇到过这些可爱的老师。还有两周就要结束实习生活，此刻我坐在电脑前敲着键盘，百感交集，我才知道我是多么不舍得，同时也有一股力量呼唤着我：加油，我的老师们；加油，我们这一群少年！在无知无畏无惧的年纪里，不忘初心。

故事还在继续，少年，未来可期！

看，外面天亮了

作者：吕佳乐　　班级：护理学专业2015级本部5班
带教老师：陆洁　　职称：护师
所在医院：杭州市妇产科医院　　所在科室：分娩中心

又是一个夜班的晚上，等待从天黑到天亮，总是在不知不觉中迎来黎明的阳光，照亮护士站的大厅口；偶尔也会想起产房里看不见阳光不知外面是风还是雨的那段时间。

从第一次见面的羞涩和腼腆，到最后的不舍和相拥，是时光的沉淀，也是心灵的靠近，谁都不知道两个月的实习，断断续续，点点滴滴，虽然不是每时每刻的陪伴和指导，却还算得有始有终，算得一个圆满的句号，算得只有彼此才懂得的一个眼神交会。每次听到你亲切地叫我“小可爱”，夸我“优秀能干”，心疼我的心疼，心里总是暖暖的。

工作中的你，很温柔，有经验，够自信。面对产妇们，总是很耐心地教她们各种放松减轻疼痛的方式，尽量满足她们最急迫的需求。不论是在繁忙嘈杂的待产室还是上接生班，抑或是做家庭产房的导乐，慢慢地我会跟上你的节奏，你接生，我巡回，安抚产妇的情绪，指导产妇好好配合。今年春节，我是失落的但却也是欣慰的，我明白了在家人团聚、新生命诞生的时候，都有人在默默地支撑着这一切的幸福和喜悦。

带教中的你，信任我，鼓励我，帮助我。你总是会放开手让我去做每一件事情，带我上台接生。还记得第一次接生的八斤的男宝宝，妈妈撕裂的伤口很小，你说我很优秀；其实，是因为你在我身边，我才有这么大的力气抱起八斤的宝宝，和妈妈好好配合。有次跟其他老师的班，忙到很迟才吃午饭，你说你心疼我了，我感觉好幸福，准备考试的你还心心念念着我这个小小的实习生。

生活中的你，很可爱，很阳光，总是活力满满。喜欢你的声音，喜欢你的笑容，喜欢你笑起来的酒窝，喜欢你活蹦乱跳的身影，因为所有的一切都让我感受到发自内心的喜悦。

学习中的你，很认真，很努力，反反复复追求完美。不放过每一个能够看书的空闲时间，一遍遍地去练习操作，录下视频寻找最正确最优雅的姿态。看到这样的你，不禁想起当初的我也是这样在学校实验室里争抢着时间和用物拼命练习、拼命看书的（现在和以后，也许再也没有那样可以专心致志毫无顾虑地学习的机会了吧）。

很遗憾的事，是遇见你，却在最忙的时候；很幸运的事，是遇见你，正好在踏入工作和社会之前；很无奈的事，是遇见你，却错过很多交集；很欣慰的事，是遇见你，即使在外学习也心心念念着我。

原以为人生是选择题，选择一个专业，选择一所学校，选择一份事业，选择一个人生；再后来觉得人生是简答题，空白的 A4 纸总是能写得满满当当的；现在觉得人生是填空题，答案却是没有正确与否，题有那么一点点命中注定却也要自己去填写的空白，可以是丰满的答案，也可以是简单易懂的概括。

谁都不知道未来的路能走多远，不知道最纯粹的初心能坚持多久，不知道简简单单的喜欢能维持多久，这个世界啊，充满了太多的未知数，不知道最后自己会以什么样的姿态和心态去面对曾经引以为傲的所有和一直坚持的信仰；不管未来如何，活在当下，便是最好。经过不断磨炼，自己最终会蜕变成更好的另一个我，迎接明日的新生。

看，外面天亮了。

在急诊实习的二三事

作者：邬洪雪　班级：护理学专业 2015 级本部 2 班
带教老师：胡海燕　职称：主管护师
所在医院：杭州市红十字会医院　所在科室：急诊

初春到来，万物复苏，小草儿也冒出了自己的尖尖小角，路边小鸟叽叽喳喳，我也脱离了繁忙的呼吸内科迎来了令我有点兴奋的急诊实习生活。

急诊，为什么说令我有点兴奋呢？因为在学校学习急诊护理学这门学科的时候，我就了解了急诊素来以“急、忙、危、多学科、多纠纷等”为其特点，仅仅听到这几个词，我就觉得急诊是个很有意思的科室。急诊患者病情紧急、变化快，病种多而又复杂，死亡率高，正因如此对急诊护士的要求也是很高的。我认为急诊大部分护士都特别优秀，在这里，我也碰到了留给我深刻印象的带教老师——胡海燕老师。

在急诊实习的第一天，急诊总带教沈水娟老师带我们熟悉了急诊的环境，笑眯眯的沈水娟老师看起来很和蔼。沈水娟老师给我们介绍了急诊的布局和以前同学发生的一些事情，比如之前有同学在输液大厅的时候挂盐水顺序弄错了，被患者发现，然后就吵起来了；沈水娟老师说这个顺序本来就是我们自己定的，有些盐水前后顺序其实并不太重要，但是有些事情能够避免，为什么不避免呢。还有一些事例我就不一一述说了，主要讲一下沈水娟老师跟我们讲解的实习过程中需要注意的几件事：在实习过程中要学会倾听，要有耐心、爱心，实习之余还要不断地学习，由于急诊涉及的学科比较多，所以更需要学习；自己要主动一点，要做到“五勤”，即嘴勤、腿勤、手勤、脑勤、眼勤；“三查七对”要仔细；学会基本的生命急救技能。叮嘱一番后，沈水娟老师把我带到了我的带教老师胡海燕的身边。跟着胡海燕老师几天，我发现胡海燕老师在上班期间从来都是提早来到科室，工作的时候总是把自己的桌面弄得整整齐齐，上班从来不玩手机。作为急诊的一员，胡海燕老师不仅要完成应该做的工作，也承担着我的带教工作，承担着我的带教风险。所以在一开始她就告诉我：“作为你的带教老师，你在这里实习发生的错误是由我承担的，而在急诊实习你要明白，作为一名急诊护士，不是仅仅机械地执行医嘱、把针打上、把氧气吸上、遵医嘱用药就完成了本职工作，而是要主动地协助医师完成评估、诊断、处置、抢救等工作。”听完胡海燕老师的话，我更加喜欢在急诊的氛围。接下来讲讲在急诊令我印象深刻的几件事。

忘记是在急诊实习的第几天了，我跟着胡海燕老师上注射班，主要就是打皮试和肌注。那是一个下午，我在注射室，胡海燕老师去预检台拿皮试液了，有个爷爷扶着一个老奶奶来到注射室，他指着门上贴的告示向我吼道：“你们不是下午 2 点上班吗，怎么还不开门？”因为我不能单独进行操作，所以门是虚掩着的。他等了 30 秒后就在那里开始说我：“没看到年纪这么大的老人家吗？就不知道让老人先进来坐吗？你叫什么名字？告诉我你的工号，我要去投诉你。”当时我的眼泪就憋不住了，觉得很委屈，门外明明是有座位的，自己不会坐吗？当时还想着你尽管去投诉，我就是个实习生，又不能单独操作的，我忍不住几乎跟那个老爷爷吵起来了。幸好胡海燕老师来了，胡海燕老师看到哽咽着的我，再看看大声讲话的老爷爷，就赶紧帮老爷爷扶着老奶奶坐了下来，问清楚了要打什么针，拿了病历本、药品和注射单，“三查七对”好了之后就给老奶奶注射，再叫下一位，那个老爷爷就扶着老奶奶走开了。当门外没有患者了，我的情绪也基本平稳了，胡海燕老师就向我了解了事情发生的全过程。胡海燕老师对我说：“你要知道当你和患者吵起来的时候不论是不是你的错，医院都不会为你说话，患者即使挑不出错也会说你态度不好，最后也会让你道歉的。作为一名护士，你要有强大的心理承受力，当你踏上这个职业的时候肯定会碰到很多这样的事情，你要是每次都这么委屈，最后委屈的还是你自己。”经过老师这么一番开导我也算成长了一点，为这样的人自己难过不值得。

经过这么一件事我和胡海燕老师的关系也亲近了不少，就这样开始了抢救室的夜班。抢救室来了一个被医生胸外按压着进来的患者。患者进来的时候已经四肢末端冰冷，瞳孔散大，口唇发绀，面色发白，血压测不出。胡海燕老师准备好抢救物品立即配合医生做抢救措施，在预检台的护士也过来帮忙了。然后胡海燕老师让我上去做胸外按压。这是我第一次做胸外按压，第一次触摸到心搏骤停的患者。我看着患者的心电监护由于我的按压出现了起伏，几轮按下来后手真的很酸，很想放弃，但是不行，脑子里想着老师没有让我停下来我就不应该停下来，最后胡海燕老师让我停下来。医生也宣布临床死亡了。这给我很不一样的感受，让我感受到了生命的脆弱。

胡海燕老师具有高尚的护理职业道德，热爱护理专业，为人师表，带教认真，具有扎实的护理学理论基础和丰富的临床护理实践经验；工作责任心强，热心临床教学工作，认真负责，言传身教，真心实意地为学生着想，晓之以理，动之以情。

在此我诚挚地感谢胡海燕老师，希望她工作顺利，生活顺心！

用心做好每件事

作者:徐佳丽　　班级:护理学专业 2015 级滨江 5 班
带教老师:徐姬妍　　职称:主管护师
所在医院:萧山区第一人民医院　　所在科室:骨二科

骨科是萧山区第一人民医院的重点专科之一,我实习的第一个科室就是骨科,跟的带教老师是骨二科的总带教——徐姬妍。老师从事护理行业 10 多年了。我从老师身上学到了很多。总结如下:

过硬的护理技术。现在流行一句话,即"三分治疗七分护理"。这句话强调了护理工作的重要性,尤其对于住院患者,医生负责看病开药,但更多地照顾患者、了解患者、护理患者的还是护士,所以护士首先要具有过硬的护理技术。在骨二科,患者多是青壮年,该科室很少使用留置针,多采用一次性钢针。俗话说:伤筋动骨一百天。在这里大部分患者至少住 2 周,天天都要挂盐水,这就需要过硬的操作技术。部分骨折患者需要进行牵引,如皮牵引、骨牵引等,待病情稳定后,才能进行手术。

丰富的专业知识。护士除要具有扎实的基本功外,还要具有丰富的临床护理知识。护士工作的前两年也是基础知识吸收巩固的最好时机,真的是三天一小考,一周一大考,各种操作考试、笔试,要完成足足八大系统,历时 2 年,才能拿到八大系统合格证明。接下来考试才会少起来,学习内容开始往专科方向发展。为了更好地适应工作环境,更好地服务患者,老师们经常苦练基本功，勤练各项护理技术操作，不断地学习，严格要求自己。骨折患者需要长期卧床，这就需要护士有足够充足的护理知识，细心观察。现在网络十分发达，每个患者都可以从网络上找到疾病相关知识，同时信任那些知识，殊不知不同的人护理并非一样，只有自己有强大的知识才不会被患者的问题难倒，才能让患者更信任你。

高尚的医德医风。老师有耐心、细心、责任心以及良好的道德修养。10多年来，天天重复着护理这份工作，内容十分枯燥，又惊心动魄。常常有患者受不了牵引，我们跟他们解释时，他们都答应，但等护士走后，患者或患者家属却偷偷放松牵引秤砣，这样对病情没有好处。老师并没有生气，而是一遍又一遍耐心地跟他们讲配合治疗的重要性，以及不配合牵引的危害。很多患者做完手术，出院时都十分感谢老师如此耐心的教导、给予的支持，也明白了配合治疗对疾病恢复的重要性。家属将水果、食物塞到老师手里表示感谢，老师都摇摇头拒绝了，微笑着跟他们讲出院回去之后的注意事项，平时要吃些什么。

团结协作的集体精神。一个科室就是一个集体，不仅仅是护士之间，医护之间也是。老师年资高，见过的世面多，对于处理急诊患者，写护理记录也是得心应手。科室各个护士都尊称她一声老师，在护士长不在的时候，护士们遇到不知道如何处理的问题、护理记录等都会询问一下徐姬妍老师，老师也会跟她们详细说。老师的工作任务真的很重，不仅自己上班护理患者，做治疗，书写护理记录，还要作为带教老师，教学生知识，处理科室护士的疑问。在平时工作中骨科护士做到分工不分家，互相协作。遇到危重患者抢救时，她们全力出动，你输液、我吸氧，一切都井井有条。患者及家属对此表示放心、满意。

严格的组织纪律。医院有严格的组织纪律，徐姬妍老师严格遵守上班不迟到，提前 15 分钟交接班，下班不早退，服从护士长安排。老师一周上 4 天责交班，每天 7 点 30 分上班，18 点下班；而这个科室比较特殊，其余护士基本 17 点就下班了，前夜班是 18 点上班，17—18 点就只有徐姬妍老师一个人上班，管理整个科室的患者，如果有新患者，还要接待新患者，写交班，工作任务相当繁重。骨科因为都是骨折患者，需要床边交接班，而患者的骶尾部等压疮易好发部位、骨折部位、引流装置等，使一个患者的交班就需要很久，但老师毫无怨言，保质保量地完成每个患者的交班，加班加点从不计较。我跟在老师后面实习，很有感受，每天都要18点半才能下班。

具有奉献精神。面对自家孩子突然生病，高热不退的情况，而她到了上班时间，她也毫不犹豫地把孩子送到丈夫怀里，并教给丈夫一些简单的护理知识，自己就“狠心”地离开孩子上班去了。此时此刻，她心里不是没有孩子，但她深知患者更需要她去照顾、去护理。老师常说干这行很辛苦，她最对不起的就是父母和家庭。在自己休息的日子她也没有空闲，要做家务，如果刚好周末，就带孩子出去玩，弥补自己没有太多时间陪伴孩子缺憾。老师说她不是白衣天使，也不想当白天天使，她就是一朵白云，护士是她的职业，在家她要做好妻子的职责，在医院她要做好护士的职责，为患者奉献自己微薄的力量。

“For you，我相信你总有一天，能够飞上这片天空，即使你一次又一次弄得满身伤痕；For you，有一件事是最为重要的，就是要永远地怀有梦想，至少你要用心做好每件事……”

走在生命的两旁

作者:周敏　　班级:护理学专业2015级本部6班
带教老师:周佳丽　　职称:主管护师
所在医院:湖州市中心医院　　所在科室:神经内科

漫漫人生长河中,每个人都有自己的工作岗位,岗位是一个人一生用所有理想和汗水浇灌的土地,是一个人热情和青春的坐标。“爱在左,情在右,在道路的两旁,我们随时撒种随时开花,使路上穿枝拂叶的人,即使走过荆棘,有泪可落,却不是悲凉。”也许冰心老人的这段话,就是对护士职业的最好诠释。

时光荏苒,转眼间,长达10个月的实习生涯已结束。在10个月前的某一天,我踏入了湖州市中心医院,成为一名实习护生。实习,是一种期待,是对自己成长的期待,是对自己角色开始转换的期待,更是对自己梦想的期待;学习,也有一份惶恐,有对自己缺乏信心的不安,有对自己无法适应新环境的担忧,更有怕自己会无所适从的焦虑。

带着一份希冀和一份茫然,我开始了我的实习生涯。从此,我的身份从一名学生变成一名实习护士,生活环境从学校转到医院,接触的对象从老师、同学转为医生、护士、患者。

随着时间的深入,我开始逐渐适应了实习生活。令我印象深刻的是神经内科的带教老师——周佳丽老师。刚进科室,老师就为我们介绍病房环境,介绍班次及各班次的工作,介绍工作中的自我保护,当然还介绍了最重要的责任感与慎独精神，等等，使我们对陌生的环境有了些许熟知。

在工作上，她能和我们建立良好的沟通关系，主动解答疑问，指出存在的错误问题。工作之余她也主动关心同学们的生活，关系融洽似朋友。比如当时同学们都需要准备应聘，而紧凑的工作安排无法提供给我们更多的闲暇时间，随后她通过各方面周全的考虑帮同学们合理安排时间，让我们能够充分准备，并根据自身的经验向同学们讲解应聘过程中容易出现的问题。印象最深刻的是，在即将踏入年关的那三天，我跟着老师连续上了三个夜班：后夜班、前夜班、值班。而在上后夜班和值班的那两天晚上，有一名脑梗死伴中度昏迷的患者两次出现了病情变化，氧饱和度从稳定的 95%—98%持续降低，最低降至不到 50%。周佳丽老师密切关注着护士站电脑上心电监护数据的变化，及时发现患者的病情变化，立即通知值班医生，并积极采取急救措施。吸痰、高浓度面罩吸氧，准备好抢救药品，做好气管插管准备等，做到了及时、有效、准确、有条不紊，令我敬佩不已。在今后的护理工作中我也会遇到这样的紧急情况，也要一个人面对夜班。首先，要按时巡视，做好病情观察，对重症患者更要密切关注其生命体征变化。其次，要掌握各项护理操作，熟记各类抢救药物的名称与作用，掌握抢救流程、应知应会，从而在紧急情况发生后准确、及时地进行处理。

通过这件事，我深刻体会到临床实习既是对理论学习阶段的巩固加强，也是对护理技能操作的培养和锻炼，同时也是我们就业前的最佳锻炼。所以，我们要加倍珍惜这段时间，珍惜每一天的锻炼和自我提高的机会，珍惜与老师们这段难得的师徒之情。

在护理工作中的每个日日夜夜，她始终坚持着自己的信念："用心做好每一件事，认真对待每一天。"深知要成为一名称职的护士，不仅要具备扎实的护理操作技术，良好的职业道德和综合素质在护理工作中同样重要。

作为神经内科临床护理岗位的一名普通护士，从踏入临床护理岗位的那天起，她就决定带着"爱和奉献"认真工作，让工作美化自己的青春和生命，用无私的奉献为患者架起生命的桥梁。“做一名爱患者、肯奉献的白衣天使”是她事业追求的永恒方向。在平时的工作中她尊敬领导，服从安排，团结同事，对患者态度和蔼，从小事做起，从自己的本职工作做起，有吃苦耐劳的精神及为患者早日康复尽自己最大努力的决心。

爱心是做好护理工作必须具备的基本条件之一，是理解和沟通的基础，是温暖他人的源泉，是白衣天使们最崇高的美德。

在平凡的工作岗位上，打针、发药、铺床、输液，她在其中呵护着生命。交班、接班、白天、黑夜，她在辛苦的工作中把握着生命的律动，在患者家属的期待和焦虑中守候着一个个身患疾病的患者。

她任劳任怨、扎实工作、刻苦钻研、无私奉献，遇事总是冲在前面，用爱心和奉献精神去化解护理工作中的苦、脏、累。在未来的日子里，她仍带着对护理工作的爱，对患者的爱，对科室、医院的爱，对卫生事业的爱，在平凡的工作岗位上，用自己的青春去默默奉献，书写更多感动生命的篇章。

工作中她是一个有“心”的护士，她认为当护士首先要具备和患者沟通的技巧，那就是“微笑”服务，微笑了，患者才能感受到你的态度、你的亲近；否则，护患之间就会形成隔阂，很难融洽起来。她总是面带笑容，无论进病房、治疗时，还是平日闲暇时，只要面对患者，她都是以笑脸相迎，认真询问，耐心解答，并且做到百问不厌、百答不烦。

她始终以“救死扶伤，实行革命人道主义”为座右铭，以“解除患者痛苦，挽救患者生命”为己任，在平凡的工作岗位上，刻苦钻研，扎实工作，无私奉献着。以奉献为宗旨，用勤勉敬业、热情和爱心，打造了自己闪亮的青春。无论多苦多累，她总是脸带微笑，以温暖的双手和一颗圣洁善良的心，抚慰无数的患者，驱散了无数患者身心的痛苦和忧伤。她的敬业、她的无私，是南丁格尔精神的真实写照。她是一位当之无愧的优秀护士，也是一位当之无愧的优秀带教老师！

初心不变

作者：顾思琪　　班级：护理学专业2015级滨江5班
带教老师：周枫萍　　职称：主管护师
所在医院：宁波市第二医院　　所在科室：血液肿瘤科

时光如流水，转眼间10个月就过去了，我即将结束我的护士实习生活，也即将告别我的学生时代。回忆起实习的那段时间，我收获了很多，如知识、技能、经验，无论是在身心上还是做人处事上都变得成熟起来。在实习当中，我学会了以严谨的态度去对待工作，用爱心、耐心、细心和责任心去对待患者，热情接待患者，用同情和体恤的心去倾听他们的诉说，尽量满足其提出的合理要求，施与人性化的医疗和优质护理服务。回顾这段时间，给我最大的感触就是不要改变初心。

血液肿瘤科是我实习的第一个科室，进入病房，我总有一种茫然的感觉，对护理工作处于比较陌生的状态，对自己在这样的新环境中能够做的事还没有一种成形的概念。带教老师的言行、举动对于我都是一种无声的教育。医院里会有很多不配合的患者，记得有一次患者不要吸氧，觉得自己呼吸也挺顺的，没有喘为什么要吸氧，老师发现后，与患者好好沟通并告知其吸氧的必要性，最后还把没吸氧这段时间的费用扣除了。她做到了换位思考，从患者的角度去考虑。记得有次空下来的时候，我开玩笑地和老师说“我突然发现只要和老师一起上班就特别忙”，但老师的回答让我一直记忆犹新，那就是“上班的空与忙，都取决于自己”，她说空的时候可以看看病历，了解自己责班所管的患者的病情，也可与患者多沟通让大家彼此熟悉。通过实习，我明白了一点，所有的工作做久了，都会出现职业倦怠，能在繁忙的护理工作中力所能及地做到最好，不忘初心，是很值得佩服的。

由于血液肿瘤科的患者大多病情比较严重，都有 PICC，所以静脉穿刺的机会很少，但是一旦有机会了老师就会让我锻炼。刚开始实习难免会比较胆怯，记得有一次老师叫我去给某床抽血，但是因为早上我给他同病房的患者扎过一次而且失败了，我就拒绝了。结果老师还是叫我去试试看，还说待会儿会过来，我就超没底气地去了，最后发现那个叔叔态度还是不错的，最后穿刺成功。后来老师和我说，做这份职业胆子要大，以后要自己独立顶班，遇到的困难还会更多，叫我不要放弃每一次可以尝试的机会，实习扎不进还有老师在，现在多锻炼是为以后的工作打基础。老师还培养我解决问题的能力。

疼痛现在被看作第五大生命体征，尤其在肿瘤科，每天都要询问患者有无疼痛，酸麻胀也属于疼痛的范围，癌症患者身上所有的痛都是癌痛。我看到有个患者痛到不可以随意更换体位，压疮已经看得到尾骨，需要定期换药。医生开出来 Q2h 翻身，我每次去告知患者要翻身，他都会说他也想翻身，但是翻了更痛，患者觉得我是实习生，加上疼痛态度难免会有点不好。老师跟我说，护理工作有时候也不是那么死板的，已经是癌症的晚期，就要去减轻他的痛苦，把事情的重要性和家属说清楚之后，如果翻身会加剧疼痛，就不要去勉强他，气垫床也用上了，也会起到协助的作用。还有就是不要和患者太较真，有时候患者态度不好也不要太放心上。如今医患之间缺乏信任和理解，近年来，医患关系日趋紧张，医患矛盾日趋激化，这个科室除白血病等血液病患者常见外，大多数是淋巴瘤、多发性骨髓瘤以及肝癌等各种肿瘤患者。听到白血病、癌症，所有的人都很惧怕，基本上无法治愈，只能尽可能地维持生命。化疗要花费大量的医疗费，还要承受癌痛的折磨，科室的患者和家属大多闷闷不乐。作为实习生，因为能力不够，他们对我还有不信任感，所以我更需要努力做好。

老师还会在移动查房车旁耐心地跟我讲解很多书本上没有的知识，如疼痛患者的护理，数字评分法肯定超过 3 分了，需要用药处理。不同途径的用药，评估时间也有长短，我们科室常用的是吗啡片，口服用药 1 小时后评估疼痛缓解情况，如果是皮下注射和肌肉注射是 30 分钟，静脉则只需要 15 分钟。在血液肿瘤科，患者大多比较关注血液化验结果，最多见的是血小板、血红蛋白和白细胞，常常会过来问，所以在我们科室抽血也比较频繁，每次上后夜班老师都要拿着很多试管抽血。抽血的时候需要戴手套，保护好自己。血色素 60g/L 是输血的指征，输血要双人核对双人签名，“三查八对”，输血前、输血 15 分钟、输血结束和输血后 4 小时都要测量生命体征。还有健康宣教至关重要，对于血小板低的患者，要告知患者小心，避免碰撞，不要吃粗糙的食物以免胃肠道出血，而低于 $20\times10^9/L$ 的患者要绝对卧床休息，在床上大小便，要告知其严重性，下床会引起颅内出血。我在理论上得到了充实。

在这个科室的实习让我受益匪浅，我要特别感谢老师给我的悉心指导和帮助。教与学互动活动中，老师知无不言、言无不尽的执教方式，认真踏实、循循善诱的教学风格，非常让我钦佩。我学会了以良好的品德去对待每一个患者。实习给了我一个很好的锻炼机会，让我在发现问题当中去解决问题，为护士之途铺了一条很好的道路。未来的工作中，我要保持积极向上、乐观自信的生活态度以及稳定的情绪，遇挫折不灰心，有成绩不骄傲，努力做到临危不惧，沉着应对困难和复杂的环境。

七月的火

作者:戴依敏　　班级:护理学专业 2015 级本部 1 班
带教老师:周林林　　职称:主管护师
所在医院:温州医科大学附属第一医院　　所在科室:中医科

如果说,1 月是大多数人一个重要的新开始,那么 7 月对于大部分学生而言就是另一个重要的新开始,甚至有时比 1 月还要重要一些。因为 7 月对于他们而言,是学年的结束,是更高年级的开始,也是通向未来分岔路的抉择。

而对于学生一族中的一员的我来说,2018 年的 7 月毫无意外地成了我的新开始。在这炎热的月份,我开始了我的大四实习生涯,离开了学习三年的校园,回到了自己熟悉的家乡并进入温州医科大学附属第一医院实习。在这里,我知道自己将遇到很多未知的挑战,书本上生硬的理论知识也会幻化成一项项相似而又陌生的体征出现在患者的身上,这一切对于当时的我而言,是刺激而又让人害怕的,毕竟各种医疗事故的故事不断,那些可怕的后果也将会有一定的概率发生在我这里。但生活不会停止它的脚步,我只能跟随着前进。我就是这样带着好奇而又惶恐的心进入了第一个科室——中医科。

作为一个在以中医为特色的学校学习护理学专业的学生,我对于中医科的想象是:药香充斥着鼻腔,患者们躺在床上,或是做着拔罐或是做着针灸,还有必不可少的中药成丸贴穴位。我将会在这里学到很多与中医相关的临床知识,拔罐或针灸不再仅止于同学之间的练手,一个月后各个基础的穴位牢牢地印在了我的脑海中，不用过脑我都能迅速凭着本能回答出。但这也只是我的想象了，很可惜的是这里的中医科还刚刚起步，与骨伤科各占一半床位，老师们还在一起学习穴位。拔罐是骨伤科患者的日常了，但是中药成丸贴穴位还未开始实行，针灸也要去别的科室才有，这里更多的是肿瘤患者，很多人都是来做化疗的，或者是癌症晚期，中药只能作为扶气的功效应用于他们，更多的是给予他们最后的安慰。这让我既很难过又有点失望，但是很快我对第一个科室的好奇冲淡了它们，我在这里开始了我的技能"实地操演"化训练，也是在这里，我遇到了今天文章的主角——周林林老师。

如果说她有什么特别之处，我确实也说不出什么。也许头一个就是令人印象深刻的，后面我遇到过比她更温柔的老师，遇到过比她更成熟稳重的老师，遇到过比她更会放养让我自己去操作面对患者的老师，但每一个老师教会我技能时，我都会想起她，想要告诉她我学会了什么，想要给她看看逐渐成熟的我的模样，想要让她为我感到骄傲及自豪，想要让她有一天听到别的老师说起我的名字的时候，说一句："啊，是她啊。当初跟我的时候好像没这么厉害，真好。"

这都是我现在的感悟，但是在那一个月，什么都不会的那一个月，周林林老师对于我而言，是我害怕面对的。因为那时的我，虽然知道一些理论知识，但是由于操作经验不够，以及自己慢吞吞的性格，很多事情我都不能按时完成，或者一出现小问题就觉得像天塌了一样，慌乱不知所措，所以她因我"不稳重"的行为而出现过板脸的情况。我知道她不是真的对我发脾气，只是希望我成熟一点，但对于那时的我来说她就是严肃不可亲近的，我心里也始终是害怕自己出错的。我记得挂点滴的时候忘了拧紧管体上的硅胶乳头导致它与头皮针脱开时的慌乱，以及面对患者质疑时的不自信。我记得肌内注射时没有绷紧皮肤造成患者疼痛的声音，它让我感到心虚，感到不自信。我记得化药时我颤抖地按照标准姿势拿起药和注射器时，周林林老师担心我会碰到针头的表情，这让我动作僵硬不敢动，甚至怀疑自己是否真的碰到了针头。

最让我印象深刻的是留置针。对于那时的我来说，那简直就是恶魔。在一开始，就困难重重！老师在旁边看着时，患者会不信任而拒绝我的操作，而老师不在我身边的话，我又觉得孤独无助，不知所措，连平时简单的排气都能让我紧张得红了脸甚至流下汗珠。幸运的是，老师总会偷偷、不经意地踱到我的身边，站在我的身后给予我安全感。而困难的第二步，就是绷紧皮肤。刚开始打针的时候，真的是无论自己怎么绷紧皮肤都觉得还没有绷紧，看着静脉畏畏缩缩不敢下手。失败就这样接踵而至，自信心也就这样一点点地被打压。周林林老师也发现了我的不足，告诉我回去多看操作视频，自己好好领悟。但是看了不等于会了，步骤都清楚，就是皮肤绷不紧，皮肤绷不紧就会失败，而有周林林老师帮忙绷紧皮肤的时候，一切就显得那么顺利。这让当时的我越来越产生一种自己绷不紧皮肤的感觉，越来越没自信。在一个月中，六七次机会我只成功了两次，也都是在老师帮忙绷紧皮肤的情况下成功的。周林林老师每日对留置针操作的复习叮嘱，也让这一个月变得漫长且让我害怕。但我并没有责怪老师的意思，我知道她只是希望我能在一开始就学好技能，这样才能去从容地面对后面的科室，是我自己不够争气。

所以在这实习的过程中，甚至是到了这最后的日子，我的脑海中印象最深刻并且时不时会冒出来的，都是周林林老师教我打针的那段日子。虽然到了最后我都没有在中医科独立地成功留置过一枚留置针，但现在的我，已经可以从容地面对这类患者，在面对他们的质疑的时候，勇敢地说一句“我先看一下你的静脉，不要着急”；也已经顺利地留置好一枚留置针，甚至得到老师“你的操作真不错”的夸奖；也已经明白了留置针的成功并不仅仅决定于皮肤绷没绷紧，还决定于静脉自身的条件、自己的选择、进针准不准等众多因素。

这 10 个月实习的日子，周林林老师对于我而言，就是那 7 月的火，点燃了我的热情，让我不断地去完善各项技能操作。

最后的最后，谢谢你，我的周林林老师，希望你能事事如意，也希望如今的我能让你骄傲。

做有价值的事

作者：王薇薇　　班级：护理学专业 2015 级滨江 1 班
带教老师：林圆圆　　职称：护师
所在医院：温州医科大学附属第一医院　　所在科室：血液内科

写于实习结束的前三天。

实习，也许对大多数人而言都是如此——对即将体验的工作生活充满好奇和不安，我也一样。起初，便听闻温州医科大学附属第一医院工作忙碌，员工幸福度不高，对待患者态度不是很好。正因为 21 世纪是互联网快速发展但监管尚未跑过其成长速度和广度的世纪，所以我们每天都要接受许许多多分不清真假的虚虚实实、是是非非，这是一个对我们的批判性思维要求更高的时代；在这个即便不与人交流都能让人陷入一团又一团迷雾的时代，作为学生的我们不该人云亦云。温州医科大学附属第一医院，并非我所听闻的那样没有人情味。

我尚能记得离开第一个科室的时候，对我的带教老师依依不舍之情，现在想来有些难为情，因为对之后的科室我几乎没有相同的深刻感情，已经习惯了分别。像是初生的小动物，我是在血液内科睁开了迷蒙的双眼，瞧见了领着我进入护理行业的人——林圆圆老师。

我至今仍能清楚地记得入科教育那天，老师以挺拔的身姿、笃定的语气告诉我们："同学们，你们是来实习的而不是来干活的，我不需要你们做得有多快,但是要求你们学着慢慢做好。”我坐在显示屏前,仰头看着老师的样子,想着:护士就该是这个样子,自信而专业。正是因为有着许多外行对护士工作的贬低和忽视,我们这个群体才更需要展现我们应有的姿态:professional and indispensable。

科室里有着很好的氛围,护士与护士间、护士与医生间、患者与医护间,一切都是熨帖和舒适。这是我 10 个月实习生活的良好开头和某些谣言的驱散者。

观察一个人的方方面面就能发掘她许多善为人道的地方,林圆圆老师值得我学习的地方太多了,容我娓娓道来。

她有着一个护士应有的姿态,专业而又自信,给人一种可依赖感。平常见到她的样子,总是面带微笑,虽然年纪轻轻却有着不少细小的笑纹,当然我没有半点觉得老师显老的意思,相反我很希望自己也能有笑纹,印证着我在工作中和同事团体中的融洽愉悦,我向往快乐。来医院的人,除了迎接新生命,大多数都是因为令人不愉快的事情——疾病与不适,住院的人群更是如此。我从来都是因他人的笑容而欣喜的人,我相信许多人也都跟我一样,见到老师们那样的笑容会感到放松,连病痛都会暂时忘却,在医患关系紧张的如今,我们需要这样不言的沟通。

为人师表,扎实的专业知识是必要的条件,既然经得起我们一声声的“老师”,带教老师一定有许多我们值得学习的地方。于是谈及知识方面。老师在学生时期就是成绩非常优秀的,属于常拿奖学金的那种人。照顾到当时的我处在实习初期,老师会专门在工作空闲时与我一起坐在板凳上,给我讲解科室相关疾病的知识,从化疗方案到患者护理评估,列框架、举案例、做演示,事无巨细,耐心细心地教我。学习这件事,最不缺的就是自己脑子装满知识的老师,缺的是能让学生把知识装满脑子的老师,也就是教人怎么学习的老师,幸而我遇到的是这样的老师,教我如何学习。那个月,是我记笔记最勤快的一个月。

在心理方面，老师也给予我很好的照顾。在临床上，打留置针连续失败是一件非常挫败人的事。许多同学都有过和我一样的感受。一次又一次的失败让我对打针这件事情感到恐惧，因为每一次的失败都会给患者带来一次不必要的痛苦，也会给患者带来经济上的损失。在这样的情况下，老师看出了我的恐惧，对此的解决方法既不是后来我遇到过的——对我摇头表示无奈，也不是直接放弃让我打针，而是对锻炼我的信心和技术这件事情无比坚定，不让我有退缩的可能，更是将所有打留置针的机会都给我，并且在边上一遍又一遍地耐心指导，其结果就是我在后来的独立操作中的成功和心态调整。

操作方面还有很重要的一点，那就是标准。在临床上要做到教科书式的操作很难，也没有足够的时间能够利用，但是即便如此在我面前，老师对我做的示范一直都是标准且简练的，同时照顾到我是初学者，也会在平时为了速度做出一定简化的解释。这对于处在学校和医院过渡期的我再合适不过了。

说起操作，不得不说一件令我感到十分满足的事。从第一个科室起，我就一直在用学校教会我们的方式给患者打皮下针。第一个被我打针的患者，就对我进行了夸赞，表示他被打了几十年的手臂针，只有我给他打的是不痛的。而在此后也有许多患者对我的皮下注射技术表示肯定，给我竖大拇指。羞涩之余我很高兴，所有的学习都会在某一天得到表现、得到反馈，这样的正面反馈给了我信心和满足，满足了我的一点点自我实现的需要。工作最理想的状态就是带着愉悦的心情，做着利人的事，还能达成自我实现的需要。我们不需要谁在我们耳前告诉我们：不去“996”，就不能实现理想。我们也不需要别人给我们强行冠上什么高帽子。我们做自己爱做的事，做能让自己开心的事，拿着应得的收入，而不是受着资本家的洗脑，任劳任怨还没有任何补贴。

“千里马常有，而伯乐不常有。”不是每个人都像我一样幸运，能够遇到很好的带教老师，能够有幸一开始便能体验良好的科室环境。希望即将和正在临床学习的同学们，能够珍惜向自己的带教老师学习的日子，抓紧时间，把握一切机会向老师学习。

慎　独

作者：徐瑶　　班级：护理学专业 2015 级本部 3 班
带教老师：李萍　　职称：护师
所在医院：温州医科大学附属第一医院　　所在科室：泌尿外科

慎独，在单独工作时，仍能严格要求自己。

初始，自觉简单，并未放在心上。实习生涯接近尾声，经历许多，渐渐地，初心被忙碌的工作冲淡。

依旧是忙碌的一天。又到了早上挂盐水的时间，自然带着些许机械的而又开启了“裸奔”的输液皮管，脑海中盘旋着“工作很忙，这样比较快”，是的，没错。来到患者床旁，条件反射地进行接下来的动作，“好了！”下一个依旧是“裸奔”的皮管，拆开外包装没有丝毫犹豫。忽然间老师出现在身旁，正准备着下一个患者的盐水。我不经意地一瞥，“咦，带包装的皮管”，整齐地躺在治疗盘中，再看了一眼自己的，盘成圈的皮管，调皮地翘出了一部分。匆匆带着些许慌张，逃离了现场。来到另一个患者床边，依旧是机械的流程，脑海中却回忆起了许多。一定要“三查七对”，手腕带看了吗？药品名看了吗？溶液质量检查了吗？无数问题在脑海中闪现。记得当初曾有老师说“这样方便”，而内心坚守的我，依旧带着包装，希望能整齐地来到患者床旁；可现如今，脸颊泛起了微红。我悄悄地注意起一旁的老师，讲解用途，核对姓名，偶尔还和患者聊一聊家常，问一问患者的情况，一切都是那么自然、那么流畅，操作却没有丝毫马虎。她脸上带着浅浅的笑容，对患者询问的问题，也都细致地一一作答，身上仿佛有一股温柔的力量。

慎独，自己独自工作时，我能否依旧严格要求自己？

短暂的几分钟，实习中的点滴在脑海中不断闪现。初始，倔强地小心翼翼地，任何操作都按着标准一步一步进行。现如今，反复练习过无数遍的操作，却忘了最初的模样。回忆起夜班那日，初来科室，第二日早晨老师和我一同前往患者床边抽血，那条顺手而又自然的胶带忽然显得格外醒目。那次，还带着困倦的我，没有一针就抽中患者的血。老师默默撕好胶带，从我手中接过针，仔细调整，见血往里送了部分贴胶带，一气呵成，末了还不忘再核对了一遍患者姓名。出了病房，老师温柔地说“下回进针可以浅一些，来，还有一个”。回想起那日，胶带！胶带！不知何时，因为觉得拔针时，胶带黏性太强不易操作，已经渐渐忘记抽血时要进行简单的固定防止脱出的小细节。曾几何时，因抽血拔针忘记松压脉带，看血溅出而手忙脚乱、焦急道歉的小姑娘，不经意间，已变成了自己最初最担心的模样。虽然如今面对患者多了一丝自信，但却少了慎独的精神，无形之中也养成了许多坏习惯。或许那日，曾经翘出角的皮管，掉落满地时，我会醒悟；或许那日，抽血过程中，那四处乱窜的针头，默默从血管里滑出，再次溅出血时，我会醒悟；或许那日，我对患者造成了无法挽回的伤害，写着护理差错，回忆起自己操作过程中养成的坏习惯，懊恼地捶胸顿足时……

慎独，自己独自工作时，我一定要严格要求自己！

短暂的回忆过后，坚定了内心的想法，机械的操作中少了马虎、多了谨慎。但是初次改正却不尽如人意，打开外包装，又自然地撕开了许多，内心更是惊醒，习惯真可怕。常言道“人在河边走，哪有不湿鞋”，一次未发生不良事件是幸运的，两次、三次……一定会有重重惩罚的一次。自己独立工作时，要严格要求自己，“三查七对”、无菌原则、标准预防这些我是否一一做到和一一做好。我们是同患者直接接触的个体，是任何操作的最后一位把关者，一开始就学着谨慎，慢慢地会习惯谨慎；一开始便马虎大意，坏习惯终会如影随形。

慎独，我的老师完美地诠释了这个词。想起日常带教过程中的点滴：核对药物，“剂量要注意，这边看了再核对一下单子”，“这两种药比较像，要注意区分”；日常护理中，面对患者出现的情况，不管大小，总是一一耐心细致地解决；身上隐隐有种力量。脑海中浮现出那名身材臃肿，但是眼里总饱含着温柔的医者，他在陪伴母亲走过生命的最后一程时，总是那么耐心、那么仔细，细心地陪护，耐心地述说，温柔的他仿佛有无尽力量，站在前方为母亲阻挡一切的风雨，为家人撑起一片蓝天。故事的结局，没有童话的惊喜，没有神奇的魔法，母亲最终还是离开了，最后他还是控制不住流下了泪，但没有声嘶力竭，他像童话故事里的王子想要吻醒沉睡的人儿那样，轻轻亲吻了母亲的脸颊，一片寂静，他在母亲耳畔轻轻述说：“妈妈，再见！”这一声别离，便是永远了吧。他的细心温柔，他的处事不惊，这一切都是他给家人心安的力量。我的老师，细致的她，面对患者出现的种种情况，她身上仿佛也有那种温柔令人心安的力量，总能及时解决问题，并给患者及家属对抗疾病坚实有力的力量。老师面对患者时，自律谨慎耐心；面对学生时，细致入微，总是不厌其烦地讲解，不仅仅是教会我如何处理，更会详细地告诉我原因，告知相关注意事项；同时，实践是巩固理论最好的方式，老师总会不断提供机会让我尝试，耐心指导，细致入微。这份慎独不仅面对患者，也面对学生，更贯彻于工作的点滴之中。

慎独是一种精神，也是一分力量，帮助我们更好地完成工作，减少差错的发生。同时，面对患者时，它是一份令人心安的力量，虽温柔细微，但却无比有力。

温暖有你们

ICU 的那些事儿

作者:盛梦灵　　班级:护理学专业 2015 级本部 5 班
带教老师:Q 老师　　职称:护师
所在医院:浙江大学医学院附属第二医院　　所在科室:ICU

时光荏苒,不知不觉,实习已悄然结束。回首实习的 10 个月,最让我印象深刻的就是在 ICU 的实习时光。

还记得在下 ICU 实习之前,我的心里充满了恐惧与焦虑,一方面是因为那里住的都是重病号,而自己之前在社区实习,已脱离护理工作太久,很多东西都不熟悉了,担心自己无法适应这个充满艰巨任务与挑战的实习过程;另一方面是因为 ICU 里面的患者病情变化都很大,万一哪个患者不幸在自己护理时突然就“走”了,担心自己没有勇气接受这样的事实,以及面对已故的患者自己在护理时无法克服自己的恐惧。下面就谈谈我在 ICU 实习期间和 Q 老师的那些事儿吧。

壹　初见

那天 7 点 40 分我就到了科室,原本想在老师之前去了解患者病情,熟悉一下环境,结果发现老师已经在进行床边的交班了,我想也许我在老师心里留下了不好的印象。大交班后，老师先给我总体梳理了一遍 ICU 的工作流程，示范了一些基本、简单的护理操作，之后就让我自己动手操作了。大概这就是 ICU 实习的优势，操作机会较多，外界干扰因素较少，可以放心大胆地操作。记得第一天老师就让我打留置针，也许是怕我紧张，在我操作的时候老师并未在旁边，而是让我自己独立进行。最后的结果是成功了，老师也夸了我。当时我的内心非常雀跃，甚至还有点沾沾自喜，想着大概自己是有这方面的天赋的，因为在这之前我并没有打过几个留置针(之前去的科室都是以 PICC 和 CVC 为主)，同时也告诉自己接下来要一直努力下去，不让老师失望。

贰 夜班

实习期间我总共跟着 Q 老师上了两个夜班。事情发生在第二个夜班期间。也许是因为老师太优秀，我跟着老师总是管 ECMO 和 CRRT 的患者，那晚也不例外。那是一名患有重症肺炎做 ECMO 治疗的患者，夜班期间我们发现患者的动脉置管处出现了较多的渗血，经过观察并没有发现管子脱出或皮肤损伤，所以我们只是进行了单纯的换膜。但过了几分钟后，患者置管处又发生了渗血且不易止住，我们决定对患者重新进行动脉置管。但是由于当时患者已经进行多天的 ECMO 治疗，全身水肿明显，重新置管无疑是有难度的。果然，老师进行了两次穿刺，都以失败告终。最重要的是我们发现患者的血止不住。因为患者在使用肝素钠抗凝，动脉处出血又本身比较多。无奈之下，我俩只能一起用最笨的办法即用力地按压穿刺处止血。时间慢慢过去 30 分钟，当我们放开手后，血顿时喷涌而出，止血失败。两人相视苦笑，认命般继续按压，老师甚至开玩笑说也许下不了班了，要一直按下去。好久好久之后，血才止住，我们默默松了一口气，发现手臂的肌肉早已酸痛。

叁　鸡汤

我发现，Q老师是我见过最能灌鸡汤的人。我是一个不爱说话的人，有时候老师问我问题的时候我会本能地只点头或只说“嗯”。有一次，老师忍不住怒怼我，“你不要只点头不说话呀”，我才意识到这个问题。老师瞬间就给我灌了很多鸡汤，还撺掇患者一起（当时那个患者意识清醒）给我讲解人际交往的重要性。哈哈哈哈，我觉得当时患者插着管不能用言语表达但还非得掺和进来给我灌鸡汤的场面特别有趣。平时老师也会有意无意给我讲护士这个职业的神圣性，这是其他老师没有教给我的，这也让我觉得从事护理这个职业是正确的。

肆　关怀

浙江大学医学院附属第二医院的ICU特别大，分为A、B、C三个区域，虽然环境特别宽敞明亮，但是也增加了我们的步数。要去治疗室拿东西或者去开水房喝水，都要跨越很长的距离。平时需要拿东西老师都自己去，重物也自己提。有时候我忙着忙着很长时间不喝水，这个时候，老师就提醒我，又忘记喝水了吧，女孩子要多喝水。上夜班时，老师也会问我饿不饿，要不要吃点夜宵。甚至在我蹲在地上看引流液时，他还会嘱咐我小心直立性低血压。嗯！经过鉴定，Q老师是一位细心且啰唆的暖男。

伍 爱情

在 ICU 期间，我也见证了很多爱情。首先，Q 老师的女朋友也是 ICU 的一名护士，他们在今年的情人节领了证。平时老师也和我分享过他和女朋友具体的恋爱细节，很甜！其次，是一段比较感人的爱情。最后一周 ICU 实习我跟着老师管甲流的患者，大家都戴着 N95 口罩避免感染。那天下午和平时一样有半小时家属探视时间。只见那个男性甲流患者的妻子不顾感染的风险，动情地在患者耳边说着很多鼓励的话，虽然刚开始听见一些话觉得有点荒谬可笑，但后来意识到那是能够支撑一个危重患者活下去的动力。那位妻子最后甚至跪在床尾为她的丈夫祈祷。那个场面震撼到我了，即使患者从始至终都没有睁开双眼，但我清楚地看见了患者眼角的两行清泪，他一定感受到了来自他妻子的爱。

陆 学习

跟着 Q 老师实习期间非常开心，也学会了很多新的操作。师者，传道受业解惑也。跟着 Q 老师也确实学到了很多，虽然有时候会被老师嫌笨，但老师还是会手把手地教我。第一次吸痰和抽动脉血都让我非常惊慌，尤其是抽动脉血。为了提高难度，Q 老师不准我抽股动脉，所以我只能抽桡动脉和足背动脉。记得有一次，我在患者镇静状态下抽足背动脉，结果患者痛得整个下肢弹起来，真是“吓死”我了！老师还会详细地给我分析各种仪器的原理，经过对比，我发现男老师的思维真是令人叹服，感觉各种精密仪器在他们的嘴里变成了特别简单的工具。总之，在 ICU 的一个月，我受益匪浅。

ICU像是患者在人间的最后一道门，离开这儿送到太平间走向死亡，或是转到普通病房继续活下去，只在一瞬之间。而我们医护人员像是守门员，死死地守住生的希望。实习的一个月，见了很多的生离死别、人间冷暖，真实的病例比电影还惊险，同时也学到了医护人员的精神。在我心里，护理职业是神圣的，一直想要更多人认可我们，Q老师身上恰恰有最宝贵的、最让我想要学习的。我认为学习操作固然重要，但更重要的是我学习到了要有一份热爱护理的心。ICU虽然都是冰冷的机器，但却处处充满爱。实习已经结束，但职业生涯刚刚开始，希望未来我能像Q老师一样优秀，成为一名引人注目的“白衣天使”。

亲爱的你们

作者:潘蕴　　班级:护理学专业 2015 级滨江 2 班
带教老师:周艳　　职称:主管护师
所在医院:浙江大学医学院附属第二医院　　所在科室:ICU
带教老师:陈海燕　　职称:主管护师
所在医院:浙江大学医学院附属第二医院　　所在科室:血液内科

2018 年 7 月 9 日,下临床的第一天,我懵懂又彷徨。来到浙江大学医学院附属第二医院,感觉这里充满了机遇和挑战。当时的我不知道会遇到哪些人、哪些事,但 10 个月后的今天,我知道了。

10 个月 11 个科室,我遇到了很多很多带教老师。年资高的低的,性别男的女的,性子急的慢的,脾气好的坏的……第一任带教老师总是最难忘的,她是 ICU 佛系带教老师,放手让我操作。上全夜班的时候,1 个护士管 4 个患者,听起来很少,其实每个都是极其危重患者,试想想要是不危重为什么住 ICU 呢。我记得那是我的第一个夜班,晚 8 点到第二天早上 8 点,兴奋而又焦虑,第一次熬大夜,满脑子想着会不会猝死。老师说,她熬了 10 年,事实并不会猝死。我就跟着她,她干吗我就干吗,她做着,我看着;她说着,我答着。凌晨三四点,该做的事也都做完了,我们分别坐在患者床尾,看着监护仪上的数值,那颗小红心一点一点地跳动,催眠效果极好。但我们深知肩上责任巨大,一个恍惚,患者也许会因为痰液堵塞呼吸而窒息,但他们不会说话,不会告诉我们他很难受，这都需要我们护理人员密切关注。别看佛系老师表面一副无所谓的样子，同样她也骂过我，是一次夜班吸痰的时候，大家都很疲惫，更不想患者出现什么差错，难得的操作机会，我就主动要求吸痰。痰液有点稠，教科书上的教法完全吸不出痰液，虽知道每次吸痰时间不能超过 15 秒，但我想着管子进去了那就多停留一会，负压下多吸一点出来患者会好受些。结果患者氧饱和度开始不停报警，掉到 90 以下了，我开始慌张、害怕，幸好老师在旁边，赶紧停止吸痰，戴上氧气面罩，调节氧流量，慢慢恢复正常。我明显感觉到老师一脸气愤，然后第一次听到老师非常严肃的语气。就在那个刹那，佛系老师在我心里改观了，原来她的的确确还是个认真的带教老师。之后我不敢马虎，所有都按规定操作，不敢存侥幸心理，因为以后工作时是独立一个人。这是我的启蒙佛系老师。

一站接着一站，跟过好几个风格迥异的老师，每个老师都有自己的特色，我们实习生也经常会在离开医院 50 米后开始疯狂吐槽这个科的某某某。往往一开始我们吐槽最多的、嫌弃最多的，好像最后都是最负责的。这个观点源自血液内科的陈海燕老师，我在血液内科 4 个星期，跟的老师叫陈海燕，短发，黑黑的皮肤，瘦瘦的身材。当时以我实习 5 个多月的丰富的观察护士皮肤的经验，她的黑绝不是被晒的，血液内科护士 7 天一轮全夜，她有 10 年的护龄，应该是熬夜熬伤了肝肾。她特别认真，是我实习 5 个月来最认真的带教老师。毫不夸张地说，老师从戴口罩的步骤开始讲解，到后续挂盐水、消毒瓶口等各种理论知识，我们俩在一起除了理论知识还是理论知识，没有半句别的杂谈。当时每次听她苦口婆心地讲那些简单的步骤，心里都会暗自吐槽：这还不会，我都上手好几百次了。但是后来她的认真实实在在感染了我。一起上夜班的时候，常规每小时要巡视病房一次，别的科室都知道，为了自己轻松一点，患者病情轻的话后半夜稍微趴一会没关系，我以为这里也是。直至过了 2 点，陈海燕老师还是照例去巡视病房，一个一个房间进去，打开点微光，看看患者的面色、呼吸。没错，血液内科确实需要比外科更严谨，血液疾病来势汹汹，一个闪失也许就会酿成大错，我被她的敬业折服。除了工作认真，她与患者关系也处得非常好。这个科室有很多老患者，被陈海燕老师管过的患者没有一个不认识她。“海燕啊，你来啦！”每个人都面带微笑迎接她。新患者来的时候，介绍环境时她亲自带患者过去，住院事项解释得清清楚楚。一次我们组有个女患者确诊是白血病，感觉人生无望，自己这么年轻患上这种病，不抱有任何希望，也不想配合我们治疗。这时候陈海燕化身心理导师，为她擦眼泪，像是最亲密的姐姐，用一种很霸气的口吻鼓励她治疗，不许萌生轻易放弃的想法，用隔壁床患者的真实案例告诉她坚持治疗希望还是很大的，到达缓解期就能和常人一样，现在医学这么发达，一定要相信医生。每次看见她都会询问病情，关怀备至。我觉得这患者真的被说服了，第二次来住院的时候活蹦乱跳的，还剪了个短发，变得开朗了很多。她对患者的那种好不仅仅是因做带教老师而特意表现，看到有防跌倒标志的患者，再三嘱托下床小心，在床上也要把床栏拉上；遇到年纪大的老人家，耳朵听不清，就凑近他的耳朵，一个字一个字慢慢说，有时候还把方言搬出来……细节还有很多，可能说个三天三夜也说不完。回忆这 10 个月，陈海燕老师就是我的榜样，血液内科的那段时间也是我很快乐的实习时光。

新中国已经成立 70 周年，浙江中医药大学已经成立 60 周年，护理学院也已建院 20 周年，是前辈们的心血、老师们的辛勤共同铸就今日的辉煌。护理事业同样也是蒸蒸日上、人才辈出，感谢老师们的付出，感谢老师们毫无保留的分享，感谢老师们言传身教、薪火相传。

感恩遇见

作者：俞杉珊　　班级：护理学专业 2015 级滨江 6 班
带教老师：何青青　　职称：主管护师
所在医院：浙江大学医学院附属第二医院　　所在科室：中医康复科

时间如白驹过隙，我结束了为期 10 个月的临床护理实习，可以说有很多收获与不舍，从原本的茫然到如今的满载而归，获益良多。临床实习是对理论知识基础的巩固和加强，也是对护理操作技能的培养和锻炼，同时还是我们在就业前的最佳锻炼机会。因而十分感谢学校和浙江大学医学院附属第二医院给我们安排了这样好的实习机会和提供了这样好的实习环境，同时也很感谢所有带教老师对我的悉心指导与帮助，让我在踏上工作岗位之前有这样的实践机会。很庆幸自己实习以来遇到的都是很优秀、负责任的老师，很多科室的氛围都很融洽，很多老师对我们实习同学也很友好，科室有好吃的都会与我们一起分享。我跟过的老师也经常请我吃饭、吃夜宵，每次我都会觉得不好意思，老师都会说“你还没赚钱呢，没事的”。我听了心里也很开心。实习期间我一直严格要求自己，不迟到早退，遵守医院各项规章制度，尊敬老师，态度端正，本着以患者为中心的思想，未曾发生过护理差错，也得到了一些老师的肯定与好评。

中医康复科是实习的最后一站，时间为 6 周，比前面实习的科室时间都久，或许是因为时间的关系，我和老师也越来越熟悉。何青青老师是很优秀、很好的老师。2010 年进入医院的她，可以说经验和阅历都很丰富了，是个高年资带教老师。她带教过很多实习同学，是位工作负责、认真踏实的老师。跟着老师上班感觉我们相处得很和谐，我可以在能力范围内帮她做一些力所能及的事。我们累并快乐着，充实了生活，也丰富了实习的内容。护士的工作是平凡的，每天都重复着相同的内容：一次次晨间护理、一次次输液、一次次健康宣教，这些看似平凡的重复劳动却孕育着她的责任感和事业心。上夜班老师都会带夜宵给我们吃，也从来都是很准点让我下班，不拖班，遇到问题也都会很耐心地讲解，很关心我的日常生活。有一天她说起她考主管的时候考了两回，认真努力地付出定能使自己变得更好。何青青老师对患者耐心友好的态度、沟通交流的方法，以及扎实的理论知识基础及熟练的护理操作技术都给我树立了很好的榜样。她既是我的良师，也是我的益友。在她的指导下，我的实习进展得很顺利。对我不懂得、不理解的内容，老师都能一一讲解，提醒我需要注意的护理重点。带教老师的引导及其工作方法都让我终身受益，这次的实习经历对我很重要，在我的人生道路上留下了深刻的印象。总之，在我看来，这都反映出她的职业道德和带教能力。

我很佩服老师们十年如一日的职业精神，护士的工作是非常繁重与杂乱的，尽管在进入临床前我就有所感悟，但真正进入病房后，我的感触就更深了。的确，护士的工作很零碎，但我发现，护士有其独特的魅力，医院不可能没有护士，这就说明了护士的重要性。

实习以来我学到了很多，见识到了很多场面，也感悟了很多道理。经历了患者的死亡，感受到患者亲人的无奈与悲伤。疾病是无情的，生命是短暂的，我希望每个人都平安健康，把握当下，不辜负岁月。

实习的结束意味着真正工作即将开始，我深知在护理这条道路上会很艰辛。平凡的我们注定不平凡，救死扶伤是我们的职责，患者以性命相托，我们怎能不诚惶诚恐。护理之路，如临深渊，如履薄冰，正因为有了医院这个温暖大家庭的支持，有了各位护理前辈的指导与帮助，我才有信心做好护理工作，坚持走自己选择的路。未来我将更加严格要求自己，并在今后的工作中丰富理论知识，提升操作技能，不断积累，不断总结，为护理事业继续奋斗！

做一个有温度的护士

作者:傅惠娜　　班级:护理学专业2015级本部1班
带教老师:万方圆　　职称:主管护师
所在医院:浙江大学医学院附属邵逸夫医院　　所在科室:神经内科

大三选择实习医院的时候,当时脑子里只有一个想法:我要去邵逸夫医院。

2018年7月我如愿以偿地来到了邵逸夫医院,进行为期10个月的专业实习。初次与邵逸夫医院见面,系统全面的实习方案、热情的带教老师以及护士服上一朵朵奔跑着的美丽康乃馨,都让我再次确信选择邵逸夫医院并且被邵逸夫医院选择是一件幸运而又幸福的事情。

10个月的实习生活是短暂且充实的,也遇到了许许多多优秀的带教老师:有抓住我不停地讲知识的亚娟老师,有耐心地一遍遍教我静脉留置的海涛老师,有耐心开导我的新莉老师,有特地去食堂给我打晚饭的一津老师,有在夜班休息时递给我厚外套的郭红老师……她们之中有些是我的床边带教老师,有些却只带了我一天,但是她们都是那么好,给我留下最深刻印象的便是神经内科的万方圆老师了。

在我尚未轮转到神经内科时,一次学校评选优秀带教老师,同学们反馈最多的就是万方圆老师,当时我在想她是怎样一个老师,能得到这么多学生的喜爱,同时也对神经内科有了一丝期待。

1月份我来到了神经内科，教育护士兰兰老师对我说可以选择床边带教老师。因为我个性内向且不善于主动，便提出想要一位善于与学生互动且温柔的老师。于是惊喜就这样而来，万方圆老师成了我的床边带教老师！实习以来，抽血一直是我的一大难关。因为在邵逸夫医院，老师们基本上是将直针装在持针器上进行采血的，但是我一直都没有找到适合我的方法去使用持针器，也多少对采血失去了一些信心。那天刚好有个患者需要采血，万方圆老师问我采血行不行，当时我脑海里想了很多，因为害怕失败想过拒绝，但困难总是要克服的，我选择直面困难。当我进针后顺利地看到回血时，我是很开心的。但当血液开始从穿刺处渗出时，我知道我又遇到了这个问题，采血也没有办法进行了，只能立即拔针止血。万方圆老师也看出我的难过，安慰我说没关系，她来采血。之后我和万方圆老师坐在治疗车旁边讨论为什么会采血失败，我也讲述了我采血一直以来存在的问题，例如持针器固定不妥、采血管更换时会害怕直针滑出血管、血液会从穿刺处流出等问题。万方圆老师耐心地教了我固定的方法，让我慢慢更换采血管，同时也给了我持针器、直针和采血管，让我有空的时候多练习、多感受。后来当我用持针器采血的时候，比以往更有感觉，虽然仍有失败的时候，但更多的是收获了一份自信。

实习最大的意义是把冷冰冰的知识点变成有温度的实践，在这里转变的不仅仅是知识，还有对人、对疾病的态度。

如何评定一位带教老师是否优秀？她不仅仅要有丰富的理论知识和熟练的操作技能，她也应该是一个有温度的人。每天早上的床边评估，万方圆老师会向每一个患者介绍自己，告知今天负责护理他们的是她，有什么问题都可以找她。遇到无法听懂普通话和听力下降的老人，万方圆老师也会一遍遍介绍，直到老人听懂。仿佛万方圆老师天生就是一个温柔的人！这样简单的介绍，可以让患者在需要得到帮助的时候准确而迅速地找到主管护士，因为主管护士是这一天最了解他们病情和治疗方案的人。这样简单的介绍，也与邵逸夫医院的“给您真诚、信心和爱”的理念相一致。其实许许多多这样简单而又温暖的话语和行为，我在邵逸夫医院的每个科室都能感受到。例如在手术室第一台手术前都是开着冷气的，对于穿着外套的工作人员来说这点不算冷，但是对于要做手术只穿手术衣的患者来说这就太冷了，因此需要在第一台患者来之前将室温调到适宜的温度。这些都是我不能仔细想到的，但邵逸夫医院的老师们却都做得很好，正因为有了这些小细节上的照护，我及每一名患者才觉得真温暖。

在神经内科即将结束实习的时候，万方圆老师对我说："你有没有发现你比刚来的时候要自信很多，也学会了很多操作？"仔细回想，是的！因为万方圆老师给了我很多信心和知识，让我逐渐成长起来。

转眼间，10 个月的实习即将结束，新的征程也即将开始，再一次感恩邵逸夫医院每一位老师的教导，也感恩护理学院老师们在实习中给予我的无微不至的关心！

暖　暖

作者：孟祥茹　　班级：护理学专业 2015 级本部 1 班
带教老师：朱雅红　　职称：主管护师
所在医院：浙江中医药大学附属第一医院　　所在科室：湖滨急诊

过年期间在急诊实习，过年的急诊无疑是最忙的。在病房待久了，初来急诊室有些不适应，弯弯绕绕，有点迷路。很幸运带我的是朱雅红老师，她很暖、很好，我很喜欢她，从她身上我学到的东西也很多。

实习这么久，年长老师会说，看你工作咋样，就看搞不搞得清楚。很杭州话了。朱雅红老师就是那种自己搞得清楚，还把学生安排得明明白白，也会让你心服口服的那种。有一天上主班，比较忙，老师就跟我说我今天主要的工作是文书记录。早上还好，不太忙。我们早上做完晨间护理，就对今天患者的情况有了大致了解。交完班之后，就开始忙碌起来，挂盐水之类的，老师叮嘱我一定要好好核对，之后她看到心电监护的线太乱了，我们两个一起理了起来。她让我戴上手套用湿巾把线和监护都擦一下，很绕的线都理理清楚。我当时就在想，在病房的时候，监护的线和桌子也都是很乱的，有的时候桌子上东西多得连监护都很难放，因为那个时候没有意识要理。受朱雅红老师的影响，以后在病房实习的时候，我就会把监护理得很清爽。临床上一个很小的动作、一件的很小事情，时间长了就会成为我们的习惯，这个好习惯会让我们更加得心应手。

朱雅红老师是很善良的。有一名患者四五十岁年纪，但是很可怜，得了肺癌，而且还是肺癌中恶性程度最高的小细胞癌。只有年迈的老母亲照顾她。她的女儿也是很非主流的，我在实习期间，一次都没有见过她来看母亲。朱雅红老师说，来是来过的，但不经常来，这个患者很可怜，还好有医保。但每次见到她，她都是一个人。她很怕冷，在床上躺着，有的时候就算挂号、拿药这些事情，她都做不来，我和朱雅红老师都会帮她去挂号、拿药。朱雅红老师会给我讲关于这个疾病的知识……很开心，跟朱雅红老师待在一起的每时每刻都很开心，她给人很舒服的感觉，无论她让我干任何事情我都心甘情愿去做。

朱雅红老师年资也算高的，打针很好。急诊输液室里边，若有小孩子打不进，就会叫朱雅红老师过去打。老师抽血气也很厉害。虽然我实习有一段时间了，可是血气依然抽不好。有一次，有一个患者需要抽血气，朱雅红老师就让我去抽了，她说："你先去看看好不好抽，我随后就到。"很不幸，没有成功。事后老师说，老年人的动脉有点滑，你要固定好，还指导我说："手腕部抽动脉血要用一个手指固定，同时也是为了方便触及动脉搏动。另一只手斜着插入，如果第一下没有插进的话，那个角度进针也方便调整位置。"在急诊是没有机会了，之后在病房，这个方法真的很适用，超级感谢朱雅红老师。

古人云：授人以鱼不如授人以渔。朱雅红老师真的是良师益友。

一次一个患者是用救护车送进来的，要挂盐水。患者很饥饿，她的病情只能喝点白粥，可是已过了吃饭的时间，她想让我们帮忙点个外卖，她给现金。这种事情当然得问朱雅红老师了。万一食物有什么问题呢，万一说我们坑她钱呢，急诊的特点就是杂，当然得问清楚。我一个实习生无权去多管闲事。最后朱雅红老师跟她交代清楚，给她点了外卖，最后她把钱给了朱雅红老师。但是能为患者做这种事情的人不多，很多老师一般都是拒绝的。而朱雅红老师却愿意去做这件事情，这让我感觉到了温暖。患者也一直在说谢谢，这也让我感觉到了温暖。

喜欢朱雅红老师不仅是因为她带过我，有些同学她并没有带过，但平时他们说起朱雅红老师时也感觉特别好。老师对患者、对同学、对周围的人都很好，虽然看起来有些柔弱，但是真的遇到事情，她都能有条不紊地做好。急诊练的是胆量和随机应变的能力，跟朱雅红老师学到了很多，谢谢暖暖的朱雅红老师！

温暖有你们

作者:刘朝怡　　班级:护理学专业 2015 级滨江 5 班
带教老师:蔡莺　　职称:主管护师
所在医院:浙江省立同德医院闲林院区　　所在科室:精神科
带教老师:陶婷　　职称:主管护师
所在医院:浙江省人民医院　　所在科室:产科

当我第一次踏进浙江省人民医院的大门时,根本没有想到,在之后的 10 个月,我会有一段快乐而又难忘的时光。这段时间给了我无比大的收获,无论是工作上的学习、人际关系的拓展、职场文化的百态还是其他一些活动都让我获益良多。

实习对于我们来说不是结束,而是一个新的开始。10 个月,想感谢的人太多,谢谢患者及家属对我们的宽容、理解和支持,谢谢病房里的阿姨、大叔对我们的帮助和关心,最要感谢的就是带教老师给我们的指导以及谆谆教诲。她们会通过自己的临床经历告诉我们一些经验,她们会把学过的知识和临床操作用通俗易懂的语言教给我们,她们也会和我们交流人情世故。更弥足珍贵的是,我在实习过程中对护理工作有了更大的信心。相信这次实习经历会一直伴随着我以后的工作生活,给予我更多启发。

实习中令我印象深刻的就是要照顾一群特殊患者的精神科护士——我的带教老师蔡莺。精神科病房都是全封闭式的,进出都需要门禁卡,开一道关上后确保关好才能再开下一道。安全护理是这里的重中之重,老师每天都会和我强调这件事情。上班流程就是督促起床、收拾床铺、做治疗、吃药、吃午饭,每天重复着这些琐碎的工作,难得是保持这样的耐心,时刻观察患者的病情变化和情绪,同时应用精神科专科知识。

精神科患者的情绪不稳定,自制力差。蔡莺老师说也因此我们要有很强的抗打击能力。她说:“前几天我坐在护士站电脑面前,一名患者因为她的要求得不到满足,就拿水杯朝我这边泼过来了。”接着她笑着说这个已经不算什么了,刚开始工作的时候,莫名其妙被患者打了一耳光,当时真的觉得很委屈。听蔡莺老师娓娓道来……从她相当轻松的口气中我听出了些许心酸,但更多的是她对护理的热忱。

每周两次的安全检查:检查家属带来的物品以及患者床旁柜子里的物品。刀具、打火机、绳子、皮带、可乐、八宝粥,还有筷子、勺子、塑料袋等都不能带入,老师一边检查一边和我说为什么不能带入。在精神科最重要的有三防:防冲动、防外跑、防自伤自杀。她还说起之前去抓过逃跑的患者,要我知道发生这些事情时处理的流程。虽然每天都在听“故事”,但这些注意事项都牢牢记在了我的心中。

了解到很多患者因为疾病复发再次住院,也询问过老师为什么会复发。老师说抗精神病的药物有许多副作用,精神病患者的自制力差,患者觉得自己痊愈,自行停药,然后复发;也会由社会应激方面的原因诱发。每到下午老师就拉着我一起和患者聊天,从他们感兴趣的话题谈起,聊聊他们所学的专业,在学校里发生的趣事,从而鼓励他们积极参加社交活动。

在精神科的两周,我明白了护理人员不仅仅要有熟练的操作技术,还要有过硬的心理素质,要利用心理护理技能更好地了解患者的心理变化。当老师在用浅显易懂的话语给我们讲解精神科专科知识的同时还能将临床案例结合起来的时候,我真的打心眼里佩服并且喜欢这样的老师,也很喜欢这样的讲课,它让我印象深刻。这也让我坚定了以后要成为像蔡莺老师一样优秀的护士的信心！

如果说精神科的老师是专业、耐心，那么产科的陶婷老师就是暖心、负责。很幸运我和另外两位同学由她带教。我们每周写的周记她都会及时回复，老师说："是个慢热型孩子，不要给自己的压力太大，实习就是不断变强大的过程，我知道你的能力！希望你能放轻松，快点融入进来，不要怕出错，厚脸皮很重要。"这段话真的给了我莫大的鼓励。在老师指导下，写交接班，评分，熟练地给患者做好入院宣教、出院宣教、产后宣教。和老师一起逛病房，一起观察病情变化，一起讨论病情。正如陶婷老师一开始所说的，第一个月的产科实习经历真的让我学会了很多。

陶婷老师不仅会观察每个人的心理状态，从而"对症下药"，她也很"挺"我们！依稀记得有次我们跟着陶婷老师去给一名患者输液，患者手上有留置针，老师让我把液体挂上去，"三查七对"并排气完我把液体挂在输液架上，准备给患者消毒肝素帽的时候，患者家属说："让你们老师来，你们实习生有些事还不能动手的，我也不放心让你们输液，万一空气进去了，你们谁负责？"一连串的质问真的把我问蒙了，站在一旁不知所措。然后陶婷老师走过来拍拍我的肩，安抚我并对家属说："你不放心我来就好了，但是你不能质疑她们，她们在学校里学习这么多专业知识就是准备应用于临床的，而且我们也都是和她们一样从什么都不会慢慢学习到现在这么熟练。而且我们都会老去，以后的护理需要靠她们呀！"这一段话真的让我感动，也让我建立起很大的信心。在产科实习期间，我成功打进第一个钢针、第一个留置针，抽出第一管血常规，在陶婷老师的指导下，我"飞速"地成长。

临出科前，老师说我是三个同学里面最稳重的，希望我好好加油，实习期间轮转的科室可能之后一辈子都不会去了，所以要好好学、好好看、好好打基础。

庆幸在实习期间遇到她们，让我坚定了在护理这条路上走下去的信心！我也很庆幸在最懵懂的时候遇到了亦师亦友的她们！我也希望以后可以成为如她们一般优秀的带教老师！感恩！

温 情

作者：盛怡　　班级：护理学专业 2015 级本部 1 班
带教老师：严水兰　　职称：主管护师
所在医院：杭州市红十字会医院　　所在科室：手术室

迎着清晨的微风阵阵，耳畔传来运河的货船行驶划过的水声。10 个月实习已然悄悄过去，回望过去我难以忘记的是离开不久的手术室的点点滴滴。

一道门将里外分成两个世界，让手术室蒙上了一层神秘的面纱。我们换上洗手衣裤，戴上口罩帽子，穿过半限制区，来到它的大本营。手术室的节奏非常快，忙碌有序，第一天我们显得有些手足无措。在简单地介绍了科室的环境、强调了规则之后，严水兰老师带领我们开始手术室里基本操作的学习与培训。在三天不断的自我练习实践中，严水兰老师根据教学大纲要求对我们进行基本操作辅导，给予我们最直接的途径，即通过观察和时间获得操作经验，让我们能够基本掌握该项操作要领，引导我们在不断实践中进一步熟练和提高。掌握操作规范，贯穿了我们整个的临床实习。严水兰老师以身作则，认真负责，严格要求我们按照技术标准规范执行各项技术性工作，教导我们从一开始踏入临床实践就必须养成良好的习惯。基本功是靠不断地练习培养起来的，一个月的实习时间里，我感谢最初最枯燥而又最充实的不断练习的时光。严水兰老师的谆谆教导，让我在自己担任洗手护士的时候更加自信、有底气，同时了解了手术室的分工以及如何配合医生和麻醉师的工作，掌握了各种手术卧位、各种器械的使用方法，以及手术记录单的书写，术后器械、敷料的处理，等等。

手术室的午餐总是不那么准时，偶尔有几次会被安排中午守门。在将患者送入手术间之前，为其统一换上拖鞋，戴好帽子，摘下各种金属物品交给家属保管，核对好患者的信息之后，带上所有物品，对患者进行妥善安置。伴随着每次门铃的响起，在开口和患者核对信息之前，严水兰老师不断强调的注意事项一条一条会浮现在眼前。建立良好的沟通，不管在哪里都是很重要的，掌握沟通的方式方法，注意保护性医疗，是我第一天独自守门时，老师强调的重点。不仅如此，在和严水兰老师一起做巡回工作时，老师总是一遍一遍地强调"三查七对"工作，无论多么简单的工作要做好都不是一件很容易的事情。老师的言传身教让我对自己的职责有了更进一步的认识。很多时候我都要去无菌间放置无菌包，将它们分门别类一一放好，偶尔有几个调皮的无菌包没有按要求放好时，我总会脑补出严水兰老师一本正经地嫌弃它们的样子。

带教老师的言行举止对我们都是一种无声的教育。对老师的认可和信任，会成为我们认真实习的一种动力。严水兰老师热爱本职工作，有极强的责任心，不仅有扎实的理论知识基础和丰富的临床经验，更具备高尚的道德情操和完善的人格魅力。在带教过程中以身作则，体现了对患者的关爱，并自然地结合医德医风开展教书育人工作。严水兰老师对我们关心、爱护、尊重，循循善诱，因材施教，对我们的缺点和错误及时指出，耐心教育，建立了平等、和谐、合作的师生关系。有段时间由于自己身体原因需要做检查，严水兰老师处处关心，让我在感激的同时又带着一丝不好意思。非常感谢那段时间严水兰老师对我的帮助、耐心开导和教导。严水兰老师积极鼓励我担任洗手护士工作，在临床活动中，我更加深刻地感受到洗手护士的工作与职责，而且在实践过程中，我也认识到自身知识的贫乏，有目的地训练自己的技能，使临床工作更加顺利。严水兰老师的精心指导，让我从机械式的思维模式转向灵活的临床思维模式，将理论知识融会贯通地运用于临床实际，圆满地完成实习任务，成为一名合格的临床医务工作者。

私底下的严水兰老师十分随和，偶尔的话语会让我们忍俊不禁。每周五的固定大扫除时间，我们总是非常愉快的，这种愉快又充实的工作环境让我们十分舒适。而两种截然不同的工作节奏，也让我们得到一定程度上的放松，不必时时紧绷神经。

十分庆幸在实习接近尾声时进入手术室，在手术室里，在严水兰老师的陪伴之下，我对护理临床工作有了更加深刻的认识，尤其是无菌观念、垃圾分类等意识得到了进一步的加强，在各项工作的配合方面也渐渐跟上步伐。每一个环节都是必不可少的，每一个步骤都是一次考验，每一句提醒都是宝贵的经验。从第一次上台的紧张到后来的渐渐从容，对生命的敬畏让我们付出更多的热情。先学会做人，再学会做事，老师的鼓励和肯定是我最好的激励。我只是很多个实习生中不特别的一个，但严水兰老师是我最好的特别。

百闻不如一见，百看不如一练。在这个柳絮纷飞的季节里，我正式结束了10个月的实习，这也意味着我即将正式步入临床工作。时光飞逝，留下的痕迹恍如昨日，记忆的碎片里，手术室的点滴风情展示着我实习这一路的风景。

伴随着微风，耳畔似乎传来了温暖的祝福。

用真情温暖心灵

作者：杨洁　　班级：护理学专业 2015 级滨江 6 班
带教老师：金凤　　职称：主管护师
所在医院：浙江省中西医结合医院　　所在科室：肿瘤血液科

有这样一位护士，她没有创造出什么惊天动地的奇迹，但她用青春书写着生命的感动。她用真挚的爱心，为患者拂去满身的伤痛；她将朴素的笑容绽放，为患者增添继续前行的信心与勇气；她将青春定格在燕尾帽下，用奉献丈量着生命的长度。她就是金凤，现任浙江省中西医结合医院住院部肿瘤血液科护士。她自从参加工作以来，数年如一日地一直在临床一线从事护理工作。工作中，她严格要求自己，视患者如亲人，急患者所急，想患者所想，站在患者的角度，竭尽全力满足患者需求，为患者解决各种困难。她用真诚热心温暖病榻上的患者，用满腔真情感动着每一个患者的心灵。

在人生第一个转折点，她毫不犹豫地选择了护理这个行业，或许是被口罩下神秘的面孔所吸引，或许是因洁白的护士服而着迷，心里充满着对护理的憧憬，踏上了人生中一条新的征程。转眼间，她已经在护理岗位上工作多年，不断地在实践中摸索和总结。始终奉行以患者为中心的服务理念，努力做到以精湛的操作技术、饱满的工作情绪、高度的责任心、良好的心理素质为患者提供优质的服务。因此她得到了患者及家属的理解、尊重和信赖。

作为一名护士，打针、输液、查房是她每天的生活。金凤老师在平日的护理工作中，严格要求自己，力争精益求精，最大限度地减少患者的痛苦，带给他们力所能及的最大帮助。不同于一般的疾病，肿瘤患者与他们的家属需要我们更多的付出，因此在人文关怀和临终关怀两方面，科室里每一个护士都倾注了大量的心力，金凤老师就是其中突出的代表。记得有一次病房里住着一个老人，脾气非常暴躁，每天连给他输液发药他都会大发雷霆。对于这些，她没有丝毫怨言，更没有不理不睬，而是微笑着嘘寒问暖，经常去病房与他唠家常，津津有味地听他讲述陈年往事。金凤老师跟我们说每当看到他沉浸在回忆中，就感觉心跟他更贴近了，他也会因此更配合我们的工作，临出院时他紧紧拉着金凤老师的手说："小金护士，你就是我的好孙女。"这时，金凤老师所有的委屈、不快都一下子烟消云散了。

常年奋战在临床一线岗位，金凤老师和她的同事们，接触最多的就是肿瘤晚期的患者。肿瘤患者与其他患者不同，尤其是当癌痛袭来和疾病进入晚期时，患者和家属承受了巨大的身心痛苦，我们医务人员看在眼里，同情在心里。此前，肿瘤血液科收了一名 74 岁的患淋巴瘤的老大爷，在科室住院的 6 年间，他和金凤老师相处融洽，金凤老师对这名老大爷就像家人一样。这名老大爷不是本地人，家庭不算富裕，治病的几年也将家里的积蓄用得所剩无几，他的老伴早几年因心脏病去世，只剩一个儿子在杭州打工，他的儿子工资不多且基本上用来给老大爷买药和化疗，于是金凤老师就组织了科室的同事们为他奉献了爱心。在他还能进食普通食物的时候，金凤老师和同事们每周都会轮流给老大爷带点水果和点心。在他去世前几天，有一天正好是他 80 岁的生日，金凤老师和同事们一起给他买了生日蛋糕和礼物，在病房里为他庆祝了他最后一个生日。他告诉金凤老师，他以前从来没有拥有过这么美好的生日，是金凤老师填补了他生命中的遗憾和缺失的美好。他走的时候，天气很晴朗，他的表情也很安详，除了消瘦的身体，似乎从没有受过病痛的侵袭。前一天他甚至还恢复了不少精神，跟金凤老师聊了他以前的生活以及他和他的老伴美好的爱情故事。类似的故事还有许多，一年四季，无论冬冷夏热，金凤老师和她的同事们，总是以一颗“天使之心”温暖着每一名肿瘤患者。

金凤老师告诉我，说实话她也曾羡慕其他科室的同人，可以自豪地欢送康复的患者出院。然而在肿瘤科，她一直感受到的是患者的痛苦、死亡以及对生命的无奈和渴求。曾有很多人包括她的父母问她面对死亡怕不怕。奇怪的是，从她第一次接触临终患者到现在，她从来没有害怕过，因为她深深感受到一个癌症患者从最初放化疗到复发转移，直到临终所经历的种种痛苦，医护人员有义务为患者解除痛苦。她没有理由也没有时间去害怕，她很同情他们，但她更尊重他们，她唯一能做的就是尽自己的职责，让他们在生命的最后一刻，能够以最少的痛苦有尊严地离去。

几年来，金凤老师就是这样，用爱的丝线，缝合患者身心的创伤，视患者如亲人，细心、耐心、无微不至地关心患者的事情，无论多苦多累她总是面带微笑，以温暖的双手和一颗圣洁善良的心，用敬业和无私，书写这平凡而崇高的职业。一切以患者为中心，切实履行关爱生命、维护健康的专业职责，大力弘扬救死扶伤的人道主义精神，用满腔真情感动每一名患者的心灵，做一个敬业、无私、优秀的护士。

学之者不如好之者，好之者不如乐之者。从事护理工作以来，她始终热爱本职工作，并以工作为乐，这一点是她在护理岗位上不断进步的源泉。或许正如她自己所说，自己只是一名普普通通的护士，在医疗行业无数护理人员当中，就像大海中的一滴水。然而，正是这些无数的一滴水，组成了浩瀚的大海，滋润了无数患者的心田。面对荣誉，她总是淡然一笑，她将它们化作了为患者更加热忱服务的动力。在未来的日子里，她仍怀揣着对护理工作的爱，对患者的爱，对科室、医院的爱，对卫生事业的爱，在平凡的工作岗位上，用自己的青春书写更多感动生命的篇章！成绩属于过去，未来的路任重道远，她知道自己所做的还远远不够，她将继续努力，不断进取，把护理工作做得更好。

感　恩

作者:孙朱红　　班级:护理学专业 2015 级滨江 7 班
带教老师:李娜　　职称:护师
所在医院:宁波市第二医院　　所在科室:心胸外科

临床医学来源于临床实践,合格的临床医学生不仅需要具备扎实的理论基础,还需要积累丰富的临床实践经验。临床实习是医学教育的重要组成部分,是将系统的理论知识和基本技能应用到临床实际的一个转折过程,是一个再学习和提高的过程。临床实习带教工作是确保医学教育质量、提高医学生综合素质的关键。我一直记得护理工作是以保护患者的生命、减轻患者的痛苦、增进患者的健康为己任,要用自己的真心、爱心、责任心对待自己所护理的每一名患者,这是我们做护士的职责所在。

刚踏入心胸外科的时候,经总带教介绍认识了负责带我的李娜老师,我还是蛮紧张的,毕竟是新的科室,见到新的老师。但是很快,在李娜老师温柔的声音和甜美的笑容中,我变得轻松多了。老师待我很亲切,先是带我了解了一个科室的布局,然后带我基本熟悉了一些常用物品的摆放处。老师的这种言行举止让我对老师产生了认可和信任,也成为我今后在这个科室认真实习的动力。很快就有新患者来了,我看到老师向患者亲切地介绍病房环境,面对患者,她的语速放得更慢,因为患者年纪比较大,又是本地人,老师就用家乡话表达对患者的关爱,患者也觉得很亲切。接待完新患者,老师就跟我讲述了接待新患者的流程，并说下一个来的新患者让我试着接待。我努力地做好笔记，等待着新患者的到来。没过多久新患者就来了，我凭着记忆向患者介绍，但却很生疏，要东扯一些西扯一些，显得条理不是很清楚。后来老师又补充了一下，还好患者态度也挺好。再后来，老师指出了我的问题所在，并教我她认为比较容易的记忆方法供我参考。我想熟能生巧，多练习、多接待几遍就会了。老师对我的缺点和错误及时指出，对我的疑惑耐心解答、耐心教育，不失热情，不歧视，与我建立了平等、和谐、合作的师生关系。空闲之余，她还会向我讲解一些医疗仪器的使用、护理操作的要领和注意事项。

现在的医患关系非常紧张，沟通是非常重要的。首先必须了解患者的心理状态，这个可以从沟通中体现出来。老师以身作则，向我示范怎么和患者沟通，怎么去学会尊重他们；我也在老师的带领下，不断摸索。患者由于疾病或者心理因素，会拒绝实习生的询问和体检，这也会造成一种尴尬的局面。老师往往先去帮我跟患者和患者家属沟通，取得患者的同意和配合之后，再来手把手带我做。做多了，熟练了，患者之后也不会拒绝由我来操作。临床实践就是对护理理论知识基础的巩固和加强，更是对护理操作技能的培养与锻炼。

老师会多制造些机会让我操作，对那些我不能评估和判断的事情，老师会跟我讲解如何正确地去判定，说得最多的还是在工作中要学会保护自己，时不时也会抛给我问题来考验和了解我的理论知识掌握情况，会为我制定一个月的实习目标。从基础开始做起，当然有时候我会迷糊，老师也会用鼓励的话语来给我信心。我刚开始在患者床旁操作时动作比较慢，没有像老师那般麻利和顺畅，老师就会边在旁边关注着我边和患者聊天，以此来缓解患者紧张的情绪，也能让患者感觉到温暖。老师也没有因我动作慢而嫌弃我，而是给予我更多动手的机会，要求规范、无菌操作。做到放手不放眼，做到无差错事故。当然也有些患者会因为我是实习生而不让我操作，或者因我第一针没打进而拒绝我再操作，此时老师会接过操作并且安抚患者情绪。事后，老师非但不会指责我，反而会夸我其实这样已经做得很不错了，只要再熟练、顺畅一些就好了。

怎么个体位做操作、怎么个手法绷紧皮肤容易看到血管，东西怎么放顺手，她也都会一一跟我讲解。因为老师对患者的态度和善，所以他们对我也亲切起来，这也是对我工作的一大鼓励。老师还会让我试着写护理计划、交班等，并及时修改我书写的各种护理记录。工作之余老师也主动关心我的生活，七三班的时候都是老师点完菜一起吃的。我和老师的关系融洽得似朋友，比如当时我需要准备应聘，而紧凑的工作安排无法提供给我闲暇时间，随后她通过各方面周全的考虑帮我合理安排时间以便我能够充分准备，并根据她自身的经验向我讲解应聘过程中容易出现的问题。有时候老师看我一直站着，就让我搬个凳子坐在旁边，说能休息的时候就休息下，不然一直站着对腿也不好。听了这话我就觉得心里暖暖的。还有我觉得上后夜班，睡到一半起来是很痛苦的，老师会点饮料或者夜宵一起吃，这让寒冷的夜晚显得很温暖。

在这几个月的实习中，我学到了真正的技术，而非跑腿打杂；老师的态度可能会影响到以后我对学生的态度。虽然我还有很多不足的地方需要学习，但是幸运的是老师对我真的是关爱有加、亲切耐心。为了报答她们，为了患者的安危，我也得认真对待这份工作。我深刻体会到了老师们为人师表的高尚风貌、刻苦的工作风格、精湛的教学技艺、崇高的敬业精神和博大的爱生情怀。同样地，我也很感谢在我实习生涯中遇到的很多愿意把自己的经验分享给我，并细心呵护照顾我这个实习生的好老师。对于这些老师，我将永生感激铭记，也决不辜负她们对我的期望，努力当一个合格的白衣天使。

夜，凉又暖

作者：陶琳烨	班级：护理学专业 2015 级滨江 6 班
带教老师：陈梦	职称：主管护师
所在医院：嘉兴学院附属第一医院	所在科室：9A 骨科

1 个月与 1 个月的拼凑，10 个月的实习生活转眼就过去了，还记得去年盛夏，我们带上实习生工作牌的那一刻，好多人都发朋友圈晒着自己的“新身份”，而那张小名牌背后，将是我们 10 个月的跨越之旅。

10 个月里，最想感谢的是每一个科室的带教老师，她们用自己的经历来丰富我们的见识。每个老师表达自己的方式不一样，有严厉的，有轻松的，但她们都在用她们的方式教我们知识。每次出科前老师们都会问我一句：“妹妹，下个科室去哪里呀？”然后她们会帮我客观评价下个科室的情况以及我所需要做的，这每一次的关怀都让我暖心不已。

尤其让我难以忘怀的，是在 9A 骨科那段时光。在进骨科以前我的心情是略有忐忑的，我曾向以前的学姐打听过骨科，据说那是一个氛围较为严肃的科室，所以当我怀着紧张的心情进科室的时候，讲话的声音都不经意间变轻了。然而当总带教带我去见我的老师的时候，映入眼帘的是一个与我身高差不多的短发老师，若真要问我见到陈梦老师的第一感觉，那么就是可爱。我是一个较为慢热的人，所以第一天我们很少聊关于工作以外的事。由于那会儿刚过完年，科室里有几个老师暂时被外借到忙碌的科室去了，所以我跟着陈梦老师每周都有夜班。正是这一个月的夜班，筑成了我和陈梦老师之间友谊的桥梁。

第一次上后夜班，跟着陈梦老师交完班后，我接到的陈梦老师的指令不是去测生命体征，而是看小讲课的资料。或许是脑子里已经有了测生命体征应该由实习生来做这种意识，我看了会儿资料后就去病房找到陈梦老师，问她要不要由我来测量。她问我："看完了吗？"我说看完了。于是陈梦老师与我分工合作，两人一起测量完了科室里的生命体征。或许这就是不经意间的一件小事，但不得不承认，它温暖了我整个寒冷的冬夜。

随着时间的推移，我和陈梦老师成了无话不谈的好朋友。虽然那时的我已经实习过半，但是我还是不经意间会犯一些小错误。而我的老师，她不会在患者面前指责我，但是会在回治疗室后告诉我不足之处。当碰到不信任实习生的患者的时候，陈梦老师不会夺过我手中的针自己上，而是告诉患者谁都是从实习生过来的，没点经历怎么积累经验，而且会在患者面前夸赞我的技术，让我得到患者的信任，每次我都能收到老师鼓励的眼神，而我每次也没有让我的陈梦老师失望。给患者挂盐水前，大部分老师都会说："妹妹，你去看一下，静脉好不好，如果没把握的话就来叫我。"而陈梦老师不会，她会说："陶陶，去吧，放宽心，不管静脉好不好都要以平常心对待，日后你总要经历不好的静脉的，不可能每次都叫别人帮你扎。"于是我和陈梦老师无形之间形成了一种默契，我给患者打针的时候，她会在旁边跟那些患者聊天，在让那些患者放松的同时也让我放宽心，这也是鼓励我的另一种方式。

我喜欢陈梦老师，不仅是因为她与别人不同的教学方式，更是那几个夜班的促膝深谈，聊生活、聊工作、聊未来、聊开心的和烦恼的……

相处的第二个后夜班，陈梦老师教了我很多做人的道理，教我在踏离校园后如何在社会上生活，面对不同的人该有怎样不同的态度。这个行业可以算是服务行业，要学会忍耐，与人争论不能解决一切问题，很多所谓难搞的患者或许也只是在用一种方式发泄自己，如果我们能试着从患者的角度理解问题，或许就会有不一样的收获。态度很重要，可能同样扎针失败，如果我们对患者一直都是好的态度，患者也不会过于责怪我们；反之，患者可能因为我们的态度而加倍责怪我们。陈梦老师也跟我讲了很多她以前兼职的小工作，我很喜欢她对待人生的态度，活出自己，过得精彩。

由于家离得近，所以每次前夜班下班我都会回家睡，每次陈梦老师都会很暖心地陪我聊天，能送我一段是一段，到家必向她报备。正是她这种无微不至的关心，让我不想离开9A骨科这个科室。但是欢乐的时光总是短暂的，一个月的时光飞速而过。出科前的那个夜晚，我们一起理了整个科室的电脑线，吃着夜宵互相道别，相约未来能一起玩耍。

出科后的那段时间，是找工作的高峰期，那段时间我遭遇了人生中少有的滑铁卢。每一次自信满满的面试，结果都是意想不到的失败。加上科室里一个一个和蔼可亲的患者的离开，以及自己生活上的一些压力，还有一些家庭原因，我觉得再也没有比那段日子更难受的时候了。我很少发丧气的朋友圈，那天处于崩溃边缘的我，发了一条对生活丧失信心的朋友圈。陈梦老师马上来找我，问我是不是一院没考上，我给予了肯定的回答。陈梦老师跟我说了很多，她不是一味地鼓励我，但也不是责备我，而是让我保持头脑清醒，不要被眼前的灰暗遮住了明亮的双眼，让我不要对生活丧失信心，说这只是一个坎儿，跨过就好了，让我扛过这段最倒霉的时光，还说我的好日子马上就来了。她还跟我讲了她的很多经历，说只有打磨过的宝石才最珍贵。奇怪的是，若是别人说同样的话，我可能根本就听不进去，但是听了陈梦老师说的话，我真的开始认真思考，好像心里也真的得到了安慰，眼角的泪不知道什么时候已经渐渐止住了，灰色的世界也好像漏进了那么一丝阳光。或许是情绪较为激动，我直接表白陈梦老师："陈梦老师，我简直太喜欢你了！"作为一个羞于表达的人，那一刻我真的是脱口而出我对陈梦老师的喜爱，而回答我的也是陈梦老师对我的喜爱："我也特别喜欢你，陶陶，你是我带过的学生里我最喜欢的，所以真的好想让你进我们医院，然后来骨科，我来带你！"看到这条消息的那一刻，我心中的幸福感可以说是爆满的。这大概是我实习以来得到的最高的评价。

那天晚上我们聊至深夜，仿佛回到了上夜班的那会儿，畅聊人生。所以当接到征文通知后，我的第一反应便是我的陈梦老师，正好借着这篇文章来报答她的知遇之恩！未来人生路途中或许我会遇到更多的坎坷，但我会永远记住那年冬天那几个夜晚那段欢乐而又让我受益匪浅的时光！

平凡中的不平凡

作者:陆宇娴　　班级:护理学专业 2015 级滨江 5 班
带教老师:钱林娟　　职称:主管护师
所在医院:嘉兴市中医院　　所在科室:急诊

时光荏苒,岁月如梭,回首过往仿佛还在眼前。还记得遇见老师的那个清晨,带着些许稚嫩与懵懂,我追随着她的脚步来回穿梭在病房和护士站之间。那一个月我感受到了老师身上的暖:她会在后夜时替我多备一件衣服,上前夜班时她会给我带饭,下夜班遇瓢泼大雨时她会亲自送我回去,她会给我最温暖的微笑。“告诉我,你可以的,加油!”那句话就像微风拂面,轻轻地,但却荡开了我心底的层层涟漪,我很幸运在这段漫长的旅途中遇见她,就像越过荆棘之路收获了一地花香。

护士,除了过硬的业务知识和业务技术,很大一个素质就是要能忍受委屈。如同一片海,我们必须容纳一切。好的、坏的,然后过滤、沉淀,而最后呈现给患者的,始终是一片宁静的蔚蓝、一份辽阔的天使之爱。

护理的各项操作规程在教科书上都是明确规定的,护理工作中如果没有严格的纪律和制度约束,就会像一盘散沙,工作无序,正常的工作也无法准确地完成。规章制度和操作规程是我们的前辈从上百年的护理实践中总结出来的,凝结了他们宝贵的经验和教训,有些甚至是用血和泪甚至生命换来的。违反了这些制度和规程,轻则会延误诊查和治疗,重则可能造成患者功能障碍甚至失去生命。所以我们只有严格遵守，才能少走弯路，少犯错误，不犯错误，从而保证医疗质量，防范护理差错事故的发生。要做到“四勤”，人是有惰性的，特别是现在独生子女多，惰性、依赖性表现比较强烈，实习阶段要重点克服。带教老师喜欢勤奋的学生，只有勤奋才能被人赏识、被人接受，才有更多的机会去学习更多的实践知识。

有人说，给人生拉开帷幕的是护士，给人生拉上帷幕的还是护士。人的一生无法抗拒的是护理服务。5 月，盛开的鲜花、明媚的阳光，都是在纪念每一个无私奉献、与生命同行的护理前辈。我们深知呵护生命这份责任的分量，如果我们的医院是一棵参天大树，我们则是与树干息脉相连的片片绿叶；如果救死扶伤的事业是一条奔腾不息的河流，我们则是激流中悄悄绽放的朵朵浪花。真心的付出总是会得到真心的回报。我们每个护士如果都能加强与患者的沟通，多给患者一个微笑，送上一份温暖，那么我们的护患关系会变得融洽许多。每个医护人员都要把身边的小事做好，责任面前无小事。小事情关乎大责任，小事情关乎大荣辱。

作为一名白衣天使，面对患者渴求的目光，我们义无反顾；面对工作的平凡，我们从容不迫；面对肩负的神圣职责，我们兢兢业业；面对时代的召唤，我们一往无前。因为我们的双臂撑起的是希望，因为我们的双手托起的是明天的太阳。记得一名年过七旬的老人，因突发“脑出血”被抬入病房。当时老人已陷入昏迷状态，脸上和衣服上都是呕吐物，大小便失禁，亲人还未赶到。见此情景，我的老师立即投入急救中，赶紧把老人头偏向一侧，擦掉脸上脏物，清除口腔分泌物，并把大小便清理干净，她很从容。从吸氧、静脉输液到留置导尿管，动作轻柔、技术娴熟，每一项操作都认真地完成。并未因为是晚上就简化操作规程，观察生命体征，监视病情的进展，穿梭于老人与护理站之间。但最终老人因病情过重于天亮时抢救无效而死亡。这时，只有他的老伴赶到了，且正处于极度悲伤之中，怎么办？就让老人无声地躺在那里显然不行。她对自己说：“去世的人也是有尊严的。”于是她开始为老人擦身、擦脸、整理遗容，与医生一起帮助老人穿戴整齐。事后，老人的女儿专程来到医院感谢。她说道："谢谢你替我们尽了孝道，让我父亲安详辞世，你是我们的大恩人，是我父亲的又一个女儿。"

如果说无私的奉献精神是白衣天使永恒的追求，那么高尚的医德风范则是我们珍视的生命！在平凡的岗位上成就不平凡的我们，爱与奉献是我们白衣天使永恒不变的主题！一袭飘然白衣、一顶别致燕尾帽、一个胸牌，这就是我们的形象。我庆幸我是一名救死扶伤的白衣天使，用责任与奉献践行着这沉甸甸的南丁格尔精神。我们起始于辛劳，收结于平淡。我们虽然清贫，但却用双手托举着患者康复的希望。我们用心灵去沟通心灵，用生命去温暖生命，用自己的挚爱帮助患者与疾病和死神抗争！我们每位医护人员都深知"患者在你心中有多重，你在人民的心中就有多重"。我们时刻将南丁格尔"燃烧自己、照亮别人、无私奉献"的精神牢记在心，把爱心和温暖更多地献给人民群众。我们全心投入护理工作，在苦中感受呵护生命的快乐，在累中体会自身价值的意义。

创优无止境，服务无穷期。护士——圣洁的白衣天使，她们当之无愧。光环背后的苦和累是别人想象不到的，她们奉献的是丝丝温情、暖暖关爱、滴滴汗水、份份真情；她们奉献的是最宝贵的青春，换来的是千家万户的幸福以及健康拥有者的一分安详；南丁格尔精神永不灭。护士犹如天使，捧出自己的爱心，温暖了每个患者。护士如同蜜蜂，奉献了自己的辛劳，酿造了生活的甜美。护士好比蜡烛，燃烧了自己，照亮了每一个患者！希望在今后的日子里，我们也能把满腔的激情奉献给医院，把爱心播撒到每一个患者的心里，努力工作，成为一名优秀的护士。作为护士，我们要用春天的雨露去滋润患者久旱的心田，要用有力的双手搀扶患者走过心灵的沼泽，要积极与患者架立一座座心灵之桥。